問米

A NOVEL

BY

GE LIANG

葛亮

目次

問米 5
朱鸝 49
罐子 95
不見 149
鶺鴒 197
龍舟 243
竹奴 267
後記
剎那記 297

問米

忽然間，我覺得身上一陣發涼。終於問，你帶去了哪裡？
阿讓沒有言語，但眼神溢出了一線溫柔，目光落在我身後。

可憐夜半虛前席，不問蒼生問鬼神。——題記這是我最後一次見到阿讓。

是的，我需要解釋一下，我如何與他相識。

這涉及到我的工作性質。怎麼說呢，我是一個攝影師。當然，這是我的副業。我沒有興趣說我還有一份正式的工作，因為無可圈點。可以叫做公務員。但其實，只是在殯儀館裡做一些迎來送往的事情。送生也送死。

所以，我會重視這份副業。它讓我覺得自己有用和高尚一些。當然別人未必這麼看。畢竟，我是個很容易自尊心膨脹的人。

問題在於，攝影師也並不完全是個理想的職業。因為業務範疇廣泛，我替人拍過結婚的video，拍過寵物，也偶爾為了緊巴的日子，跟蹤過一兩個明星，拍過他們的閨中祕事。但我要說明的是，我是個將興趣和事業處理得壁壘分明的人。不要以為我沒有原則。

因為我的原則，我才會和老凱相識。或者說，我才願意搭理他。

老凱的丈母娘死掉了，在我們的殯儀館火化。

那天的喪禮，租用了我們最大的一個廳，極盡奢華。排場擺得很足，包括全程錄像。我對這一點很不解，畢竟不是什麼偉人的遺體告別儀式。錄像的意義，除了讓親友在痛定之後再思痛之外，難說還有什麼歷史價值。照片上的老太太十分老，眉目並不舒展。不是頤養天年後的壽終正寢，聽說是胃穿孔死掉的。這就讓整個事情變得勉強。前來弔唁的來賓，他們在禮堂外面，已經等得有些不耐煩。一個大肚子的男人正在打電話給股票經紀，面部表情豐富。他身旁的女人掏出化妝棉，將嘴上紫黑色的唇膏一點點擦掉。擦了一半，又不甘心地抿一下嘴。更多的人，是百無聊賴的樣子。

的確，即使從專業的角度，我也覺得準備的時間過於漫長。依客戶的要求，將雛菊、康乃馨、天竺葵、菖蒲和薰衣草一層層擺成俄羅斯套娃一般的心形，確實需要時間。何況這個方案，是在追悼會開始前兩個小時才告訴我們。而那兩隻棉紙紮成的仙鶴，在前一天晚上受了潮，怎麼都擺不出雄赳赳氣昂昂的派頭，也實在叫人鬱悶。在所有人都忙得如火如荼的時候，只有一個哥們兒，叼著菸扛著攝影機走來走去。我說，哥你差不離行了，這麼走我眼暈。他輕蔑地看我一眼，說，什麼叫差不離，沒個合適的機位，拍出來效果不好你擔當得起？我就閉嘴了。他是客戶從電視臺請來的攝像，以掌鏡一檔大型相親類節目而聞名，所以拍活人還是滿有經驗的。他突然一拍我肩膀，說，小夥子，人生沒有NG。這可嚇了我一跳，這麼有哲理的話，擱我們這兒就讓人起雞皮疙瘩。我乾笑著走開了。

這又忙了一陣兒，我正訓一個剛來的小姑娘把「音容宛在」的聯給貼倒了。老李過來慌慌張張地說，那哥們不行了？我說，誰？老李一指，攝像。我一看，哥們臉煞白，捂著肚子，豆大的汗珠可勁兒淌。我走過去，問他怎麼了。

他看我一眼，嘴唇直發抖，說，早上喝了碗豆汁兒，剛跑了三趟廁所。得，又要竄了。看他那熊樣，我心想這還真是英雄氣短。我說，趕緊的，回家歇著去吧。他為難地說，那這個怎麼辦。我說，不拍了唄。他說，那不成，訂金都收了。說完臉色一陣發青。旁邊老李就說，馬達，你不是攝影挺能耐的嗎？幫幫這哥們兒。我說李叔，我哪敢來班門弄斧。哥們兒眼亮一亮，說，那誰，你搖鏡特寫什麼的，都會吧？我冷笑一下，心想什麼時候了還跟我這兒臭顯擺。就說，不會。轉身就走。哎……他痛苦地抬抬手，說，得，就你了。

要說人在這鏡頭底下，都挺能裝。該肅穆的時候格外肅穆，嚎得也一個比一個帶勁兒。孝子賢孫們賽著哭天搶地，生怕日後翻了帶子出來，被人咂味[1]說不孝遺臭萬年。晚上，我一邊看錄像，一邊想，到這時候真他媽的都是影帝影后哦。可一中年男的經過，突然抬起臉，歪過腦袋看一眼鏡頭，笑了。他這一笑，可把我嚇得不輕。等到回過神來，趕緊倒帶子再過去看。還真他媽的笑了，笑得親切和藹。這大半夜的，我心裡咯噔一下。我覺得，他這笑，是笑給我看的。

一週後的中午，我正在辦公室打盹，接到一個電話。是個很沉穩的男聲。他說，小夥兒，聽你們領導說，老太太那錄像是你拍的？我說，嗯，您哪位？他說，我是老太太的女婿。我說，哦，我就是一代班跑龍套的，拍得不好您見諒。他說，不，你拍得很好。構圖、氛圍的感覺，都把握得很棒。我心想，好嘛，還構圖，機位基本就沒動過。我說，有事您說吧。他說，我想找你合作個項目，你有興趣嗎？我想一想，說，哦，您細說說吧。

就這麼著，我見到了老凱。當我見到這中年人，一眼認出他是在鏡頭裡微笑的男人。我當時有了不祥的預感。他衝我親切地笑了，笑容與鏡頭裡一樣，然後對我伸出了手。我和他握了手，他的手心是濕熱溫暖的。

我是個風水師。他說，我找你呢，是想拍一個通靈人物的紀錄片。我一聽，想都沒想就擺擺手。我說，這些怪力亂神的東西，我沒興趣。我是國家公務員，堅定的唯物主義者。從專業的角度來說，死者為大。走都走了，何苦接回來再折騰一程。他不惱，笑得更親切了，他說，你這麼說，還是對鬼魂不夠瞭解。鬼魂是什麼？從科學的角度說，鬼魂實際是某種磁場。你得承認磁場是唯物的東西吧。我不置可否，他繼續說，這種磁場是有記憶的，人在生時附於身體。可人要是器官衰壞或者虛弱衰老，產生不了足夠的能量。這種磁場就會慢慢離開人體。所以人死以後，靈魂就成為一種脫離肉身的單獨的能量體。根據能量守恆定律，這個磁場暫時不會消亡。鬼魂就開始遊蕩，這就是所謂孤魂野鬼。

我打斷他說，您說的是挺科學，可是聽起來還是瘆得慌[2]。您就說到底想要我幹什麼吧。

他說，你聽我說完。這些鬼魂在遊蕩的過程中，會遇到與自己屬性相

1 取笑。
2 害怕得心裡發慌。

當、磁場接近的身體，就會被接收。這就是所謂的鬼魂附體。而通靈師，就是能夠調整自身磁場，與鬼魂相近的人。鬼魂有自己的磁場記憶系統，就好比磁帶上的信息以電磁波的方式，可以反映於被接受者的大腦。這時候，通靈師就像一道橋樑，可以將亡者生前的記憶顯現出來。他的喜怒哀樂，他想做的事情，他最慣常的思維方式，都會作用於通靈人的大腦。所以，所謂死者和生者的對話，就是這麼來的。我最近聽說，在東南亞的喪葬業，興起了一種儀式。有很多的通靈師都在那工作，幫助死者親友瞭解遺願。我想過去拍一拍。子丑寅卯，看了才知道究竟。

我嚥了一下口水，莫名有了一些興奮。但我還是很矜持地說，不會有什麼危險吧。

老凱哈哈一笑，說，大不了靈魂附體。你這麼壯，對相異磁場排斥力很大，估計沒人敢附。誰他媽要真的敢玩兒你，我們就把他的銀行密碼套出來。

我也笑。我說，老凱，要真這麼能耐，你就該把你丈母娘的密碼都套出來。

老凱不屑地說，她那點遺產，早就給幾個小舅子刮乾淨了。要說那天辦白事，我還貼了不少錢呢。

我們就一起大笑起來。在這笑聲裡，基本上這事就算成交了。

我們到了越南那天，不怎麼順利。在河內機場，突然停電了。我長這麼大，還是頭回遇上機場停電這種鳥事，也算是開了眼。一片烏漆麻黑中，有個男人用娘娘腔的英文說，所有過關手續一律暫停，直到電力系統恢復。

在黑暗中，我皺一皺眉頭，說，見鬼。我聽見身後老凱用很乾的聲音說，說不定真是鬼鬧的。

我心裡一陣發涼。我說，你別三句不離本行。

老凱說，鬼魂集中的地方，電磁波太強大。以前在美國的愛達荷州，有一個牛奶廠經常停電。後來發現那地以前發生過爆炸，死了很多人。再後來，他們就引入高壓電。整整電了兩小時，從此消停了。我聽說河內機場，以前死過不少越共。

我說，行了，別說了。

這時候，電來了。一片大亮。

河內連著幾天都陰雨連綿，還劍湖上一片霧氣。我問老凱，什麼時候開始工作。

老凱說，不急。

我笑一下，你不急我也不急。有吃有住，我就當來度假。

我自己一個人去城裡逛。逛到傍晚，坐在路邊的小攤，吃了一碗牛肉河粉，又要了一個法國麵包。法國麵包味道還不錯，價廉物美。誰說殖民主義全都是壞東西。我一老百姓，法國不殖民，到哪吃這麼便宜的法國麵包去。吃完接著逛，同春市場一直逛到三十六行。我又買了許多蜜餞，邊走邊嚼。三十六行很有意思，同業扎堆[3]。炊具，雨傘，布料全都擺在一塊。有一整條街，全是賣錦旗的，好一派社會主義的美景。我走入一條內街，都在賣些民族風味的服裝。我知道越南人多是京族。他們的衣服女人穿上倒真是長身玉立，可就是顏色太素了些。經過一家門面小些的店鋪，外面倒掛著幾件顏色很鮮亮的衣服。我走進去，看有個很老的老太太坐著。看見我，也並沒有招呼，只是不停地嚼著檳榔。我翻了幾件衣服，看上了一件寶藍色的緞子長衫，就問那老太太多少錢。那老太太看我一眼，半躬起身子，開始講我不懂的話。她的嘴巴一開一闔，裡面是被檳榔染黑的牙齒。我心裡一陣噁心，但還是微笑地用英文問了她一遍。老太太茫然地看我一下，突然用手擋住了我，說，NO！我擱下衣服，抬腳就走。有生意不做，有病！這時候，進來一個年輕姑娘，穿著小背心和熱褲。老太太一把拉住她，嘰哩咕嚕地說半天，一面指指我。那女孩用異樣的眼光打量我，拿磕巴[4]的中文問，你要買給誰？我想都不想說，買給我媳婦兒。她眼睛瞪大了，反問我，媳婦兒？我估摸著越南人不懂這個，一想媳婦兒也沒過門兒，就只好嬉皮笑臉地照實說，給我女朋友，girlfriend，OK？女孩臉色露出吃驚的表情，你女朋友死了嗎？你怎麼還笑得出？我頓時就怒了，心想我與你無冤無仇，你他媽的咒誰哪。可是我看見她一本正經的臉色，突然覺得有蹊蹺。我問她說，你這什麼意思。女孩說，我奶奶說你進來半天了，你到底要幹什麼。一個壽衣店，值當這麼逛嗎？

我一聽，嚇得一顫，連滾帶爬地跑出來。我回身對這女孩喊，你姥姥！你們越南人有病啊，給死人衣服做得比給活人的還好看。

---

3 許多人聚攏在一處。

4 說話費力、不流暢。

我一路小跑地從內街裡跑出來，心裡不停說著「呸呸呸」。這時候天色一沉，毛毛雨突然大了起來。我沒帶傘，趕緊跑到一個怪模怪樣的亭子裡去。可是還是淋濕了，我使勁打了一個噴嚏。這時候全球通響起來了，是老凱的聲音，急急忙忙的。老凱說，哪兒去了你？到處找。快回來收拾傢伙，幹活了。

趕不及換衣服，濕漉漉地跟他上了車。到了雲壽殯儀館，渾身冷得發抖。我們到了門口，卻不讓停。一直等一架加長的凱迪拉克緩緩地開出來。聽見老凱的小助理說，媽的靈車搞那麼大有什麼意思，睡全家啊？老凱說，小小年紀看不得人好。到哪也有先富起來的人。我透過車窗望過去，其實這個排場與殯儀館的破落實在是不搭調。說起來也是政府機構，看著好久沒整修過了。不大的門臉上，有個老大的牌匾，上面的字都脫落了，有年頭兒了。牆上還畫了一幅像，也斑斑駁駁的，好像是個梳著大背頭的長鬍子老頭。我說這是誰啊？長得這麼喜慶。老凱也瞜了一眼，說，嗨，胡志明啊。你們八〇後就是無知。

我們穿過一條甬道，頭頂的日光燈管滋滋地響，一閃一閃的。一群人走過來哭哭啼啼。打頭的是個小姑娘，倒是很鎮定。她手裡捧著個黑色的骨灰盒子，經過我的時候，嘴裡嘟囔了一句。我問翻譯，她剛才說什麼呢。翻譯說，別管她。

殯儀館的負責人是個禿頂的中年人，佛山籍的廣東佬，看見我們迎了過來。老凱使了個眼色。助理走過去，把一個信封塞到他手裡，說，小意思。他立刻喜笑顏開，對我們說，今天你們好彩，通靈師是個華人。不過等會「問米」的時候，他還是會說越南話。主要還是方便溝通，方便溝通。老凱也笑，說，沒事，我們帶了翻譯了。

到了靈堂，看見家屬已經三三兩兩地坐下了。前排是個穿一身孝服的年輕女人。旁邊是個小男孩，孝帽太大遮住了眼睛，咿咿呀呀地叫起來。女人替他把帽子戴好，輕聲地呵斥了一聲。她抬起頭，看見我們正架好機位。細長的眼睛瞟了我們一眼，對後面一個年輕男人耳語。男人站起來，立即是凶神惡煞的樣子，架著膀子走到我面前，狠狠地說了句什麼。翻譯對我說，他說不許拍。老凱趕緊走過來，又將一個大信封塞到那男的手裡。男的掂一掂，沒言語，轉身走了。老凱嘆一口氣，說，幸好有備而來，現在到哪兒也得「毛爺爺」開路。不不，在這兒是「胡爺爺」。

這時就看見仵工推著死者的屍體走出來。女人看見了，先嗚嗚地哭兩聲，就嚎起來了。身旁的親友勸慰了老半天，總算平息下去。我琢磨，這死的大概是她老公。

桌上擺的供，琳瑯滿目。擠擠挨挨間，是一個年輕男人的遺像，看起來嚴肅得很。我心想，大概不是善終。旁邊的翻譯就說，這是個出車禍的。才結婚兩年。

這時候，走出來一個一身長袍的男人。旁邊人告訴我他就是通靈師。雖然我有心理準備，還是有些吃驚。他似乎過於年輕了。三十出頭的樣子，眉目清朗。那個方形的帽子本是滑稽的，戴在他頭上，就成了京劇裡的綸巾小生。他舉起了一把寶劍，穩穩地放在桌上。旁邊的小助理說，呦，來了個令狐沖。只見他坐下，喝了一口水，噴在面前的黃草紙上，開始念念有詞。一唱三歎，倒是好聽得很。我問翻譯，他在說什麼。翻譯靜靜地聽了一會兒說，我也不懂，大概是請各方神聖來幫忙的吧。

我給了他一個特寫。突然，就看見他臉上抽搐了一下，一下子趴在了神案上。不消一會兒，抬起了頭，仍然閉著眼睛，人卻坐正了。前排的女人目不轉睛地看著他，突然大叫起來。旁邊的翻譯說，她叫老公的名字呢，老公叫有龍。

通靈師開始左右搖晃身體，嘴裡喃喃說著話，好像在尋找什麼東西。翻譯說，上身了，問自己在哪兒呢。

女人開始哭泣。

通靈師突然渾身戰慄，聲音變得急迫起來。翻譯說，哎呀顛來覆去說自己真冷啊，真餓啊，這是在哪兒啊。

女人說，夫啊，你回來了。你怎麼拋下了我一個呢。還有我們的兒子，他才剛剛會叫爹呢。

女人說完又開始大哭，問他男人在底下好不好啊。通靈師閉著眼睛對著她的方向，突然也發出了哭聲。我不得不說，作為一個男人，他哭得極為動聽。這哭聲內容豐富，裡面有不捨、愛憐和悔恨。

女人上氣不接下氣地說，你給我們兒子取個名字吧。

通靈師停止了哭聲，拿出一張報紙，用手摩挲。然後用蘸了墨水的毛筆，抖抖索索地在報紙上畫了兩個紅圈。

然後將報紙擲向女人。女人的親友趕緊撿起來。我努力看了一眼，也沒看見他勾了個啥。

人們開始竊竊私語。然後女人又開始哭。翻譯聽了聽，說，這是個什麼名字，叫「多盒」。我看他是圈到廣告上去了。

女人突然站起來，高聲叫喊起來。翻譯在旁邊急急地說，你這算怎麼回事。你到死做事都這麼吊兒郎當，給兒子起這麼個坑爹的名字。

我看了翻譯一眼說，你甭跟這兒用網絡語言啊。翻譯說，別打斷我，我怕你不明白。

然後女人又開始哭，說，你現在拋下我一個，你去快活了。活著整天不著家，在外面賭賭賭。我生孩子，你都不在我跟前。你把我們家都敗光了，現在讓我一個人怎麼活下去啊。我們開的店，還有一年的政府貸款沒有還。工人的工資也沒有錢發。你讓我一個人怎麼活下去啊。嗚嗚嗚。

通靈師一言不發，聽任女人的指責。面目十分寧靜。但是，我看見顯示屏裡，他的臉色漸漸泛起微紅。突然，他頭一抬，開了口。

這一開口，剛才還七嘴八舌的人們，突然都安靜下來。我看見翻譯張目結舌，趕緊問，他說什麼啊？

翻譯回過神來，挨近了我說，有戲看了。他剛才說，我在外頭賭，你就在家裡偷漢子嗎？

我也愣了。這他媽是好萊塢還是重口味韓劇啊。

女人愣愣地看著通靈師，開始大哭。然後看陣勢，是罵上了街。通靈師也不說話。偶爾講一句，那女人就邊嚎邊罵。

我問翻譯，他們說啥呢？你給翻翻呀。

翻譯眼睛瞪得溜圓，說，來不及翻，信息量太大了。

忽然，我看見通靈師的臉赤紅，五官扭曲，變得猙獰。他呼啦一下站起來，跳過神案，身手非常敏捷。然後一把抱住女人，掐住了她的脖子。

旁人都看呆了，竟沒有一個去拉一把。在掙扎間，通靈師揪起女人一綹頭髮，一個箭步跑到屍體跟前，撬開屍體的嘴巴，要將頭髮塞進去。

老凱看見，說，壞了，他要帶她走。趕緊和當地的一個風水師傅走過去，合力按住了通靈師，然後將頭髮從屍體嘴裡面摳出來。老凱拿起一張神符，口中念念，「啪」地一下貼到通靈師的額頭上，說，塵歸塵，土歸土。走！

通靈師顫抖了一下，躺在了地上。過了一會兒，慢慢地睜開眼睛。面目如之前一般平和，神態澄明。

通靈師站起來，與女人與親友致意。女人驚魂未定，一把推開了他。小男孩嚎啕。其他人也都紛紛有些閃躲。他無辜地看眾人一眼。只有旁邊的一個中年男子和他握了握手，大概說你辛苦了之類的話。

老凱擦一把額頭的汗，長噓一口氣，說，沒想到，到這兒來救了個急。業務還算熟練。

我張了張嘴，到底沒問出來：這老北京腔的念訣，越南的鬼是怎麼聽懂的。

收拾東西的時候，通靈師走過來，認真地看著我的攝像機。他對我笑一笑，笑得有些疲憊。

晚上我們在一個叫Little Hanoi的小餐廳吃飯。老凱叫了殯儀館的老金和通靈師。通靈師叫阿讓，這時候換了身簡單的T恤衫，牛仔褲，和個普通的年輕人沒兩樣。老凱和老金觥籌交錯，簡直是他鄉遇故知。我和他們敷衍著，看阿讓在旁邊，一個人默默地喝酒。我就說，帥哥，碰一個啊。他就將酒杯舉起來，和我碰一下，一飲而盡。我說，好酒量。他笑一笑。

我問他，你做這行多久了。他說，三年。

然後就又沒話了。我說，聽你口音，是南方人啊。

他說，浙江鎮海人。

我說，浙江可是個好地方。怎麼想到到這裡來。

他說，討生活。

我心想，剛才那情形，真看不出是個惜字如金的人。

這時候，服務生端了幾碗熱氣騰騰的牛肉湯河粉上來。老金說，趁熱吃，這幾天雨多，去去寒濕。

霧氣繚繞間，阿讓抬起了臉。他看著我說，我覺得，你不相信我。

我正在擠一片青檸檬，手一抖偏了，濺進了眼睛裡。一陣痠疼。

老凱也愣了一下，然後立即打著哈哈說，他怎麼敢不相信你。他就是我一打工的。我信你就成，我們還要跟拍你呢。

阿讓搖一搖頭，說，信不信，眼神裡有。

老凱說，他哪有什麼眼神。你看他眼睛都睜不開了。

我使勁揉一揉眼睛，說，你們通靈師，是不是都有忌諱？比如「莫問前事」。

阿讓沒等我說完，他說，你的工作，也是常和死人打交道的吧。

他的聲音很輕，但是清晰。我們都停下了筷子，看著他。他埋下頭，開始吃面前的湯河粉，一邊把牛肉揀了出來。

第二天，我們去了舊城東川市場附近的一個道觀。這道觀比不得鎮武觀氣派，很小，也破落。但是有名，據說在這求三清[5]靈驗得很。每星期阿讓有一天在這裡「問米」。這兒，會比在殯儀館收得貴些。因為問的不是新鬼，都是去世很久的了。有些已經快要魄散。用老凱的話來說，磁場很弱。所以要通靈師用大的力氣來招魂，是很傷元氣的。

這天來問的，是一對華人中年夫婦。他們上初中的兒子，一年前因為考試沒考好，從樓頂跳下來自殺了。夫妻倆就這一個兒子，女人又不能再生了。這個年紀喪子，又香火無繼，是很痛苦的事兒。夫婦倆就想著有個寄託。親戚介紹了一個新喪的女孩。做爹娘的就琢磨給兒子辦個冥婚，也好在地下有個伴兒。「八字」什麼的都看過了，可到底還想聽聽兒子自個兒的意思。

阿讓坐在神案前，臉色肅穆。袍子比昨天的顏色鮮亮，頭上戴了一個假髮髻。臉頰上印了兩塊胭脂，模樣有點兒怪異。

夫婦兩個看上去都斯斯文文的。男的頭髮已經花白了。女人的眼睛有些空，直勾勾地盯著阿讓。

阿讓點起一炷香，口中念念，然後慢慢地垂下頭去。

許久後，他的身體開始微微顫抖，突然好像打了一個寒顫，抬起臉來。眼睛緊閉，似乎承受著巨大的痛苦。

女人失神地看著他，輕輕問，兒子，是你嗎？

阿讓的嘴唇翕動了一下，說，阿媽。

這聲音很平靜，有些單薄，聽得出幾分稚氣。

做母親的用手帕捂住了嘴巴，隱忍著發出了嚶嚶的哭聲。父親用手撫弄著她的肩膀，說，阿祥，爸媽想你啊。

傻孩子，你怎麼這麼糊塗啊。爸那天話說得重，都是為了你啊。你這是要讓你爸後悔一輩子呀。他說完這句話，也泣不成聲。

母親一把推開他，擤了一下鼻涕，說，兒，你走以後，我把房間給你留著，裡面什麼都沒有動。你幾時回來都行，爸媽給你留著門。

阿讓的聲音也變成了哭腔，他說，阿媽，我也想家。可我不認識回去的

---

5 道教神祇玉清元始天尊、上清靈寶天尊、太清道德天尊之合稱。

路啊。你燒幾樣東西給我可好。

母親趕緊說，祥仔你說燒什麼，爸媽什麼都燒給你。

阿讓停一停說，你把蕭亞軒的那張CD燒給我吧。

母親有些茫然，說，蕭亞軒？

阿讓說，在書架第三層，就是放我馬克杯的那一層，有一摞CD。

母親說，好好，你還要什麼？

阿讓說，把立櫃上的模型也燒給我吧。

母親想一想，問，是那個有桅桿的嗎？

阿讓說，不是，是那只蘇聯的航空母艦。我拿它參加市裡的競賽得過獎的。

阿讓的聲音變得有些活潑了，好像一個在生的少年人，在回憶往事。我聽了心裡不是滋味了。

母親又哭起來了。父親捏住了她的手，說，阿祥。你在底下孤不孤單？爸媽想幫你娶個老婆，成個家好嗎？姑娘很漂亮，人也不錯，比你大兩歲。

阿讓沉默了，許久沒有說話。突然開了口，說，不，我只要小意。

我看到夫婦兩個都止住了哭聲。做父親的，臉色陰沉下來了。

他說，小意？你被這個小意害得還不夠嗎。你知道爸媽在你身上，寄託了多大的希望。為了那個女人，你爺爺什麼家產都沒留給我們。爸媽攢吃攢喝，是為了你將來上哈佛耶魯，出人頭地。你扔下爸媽一死了之，倒還惦記這麼個人。

父親的聲音，越來越粗重。母親抱住他，說，你夠了。別嚇著孩子了。

阿讓又半晌沒說話。

母親說，祥仔，你現在要如何，爸媽都答應你。可是，小意是生者。陰陽兩隔，你總不能等她一輩子。爸媽是怕你在底下沒有人照應。你成了家，我們也就放心了，好不好？

阿讓抬起頭，點了三點。

母親看了，欣喜地執起父親的手，說，好孩子，好孩子。將來我們老兩口百年，咱們四口團聚，也算囫圇有個家了。

這樣說完，卻又哭了。我推了一個近景，看見她臉上的妝都花了。哭了又笑，笑了又哭。

阿讓身體又顫抖了一下，輕輕地說，阿媽，別哭了。你身體不好，別再哭了，傷身。阿爸，兒子對不起你們，不能盡孝了。你幫我好好照顧阿媽。

要聽王醫師的，血壓高，降壓藥還是吃英國的那種，不要為省錢。阿嬀，兒子要走了。

母親聽到這裡，大喊一聲，兒啊！叫得撕心裂肺，然後昏死在椅子上。

這時候，阿讓慢慢地趴下了。

待他抬起頭來，那父親已經走到跟前，老淚縱橫，說，後生仔，謝謝你。我們家祥仔，一點都沒變。不是受人引誘行錯路，現在還是個乖孩子。他拿出一疊錢，點出許多張放在阿讓手裡。想一想，索性將一疊都塞給了他。

做母親的，這時也漸漸甦醒過來了。她支撐著自己的身體，站起來，一把抱住阿讓。抱得緊緊的。手在他臉上、身上摸索。眼神中的留戀，讓我們這些在場的人，鼻子都發了酸。旁邊的小助理，已經哭得唏哩嘩啦了。

晚上吃飯的時候，都喝得醉醺醺的。我端了一杯酒到阿讓面前。我說，兄弟，今天我是信了。一個大老爺們兒，今天再不信，真的沒人心了。

阿讓看看我，笑一笑，沒說什麼。

離開了越南，我們在東南亞兜了個大圈。

一路真也算是開了眼界。從泰國的養小鬼的規矩到請佛牌的法門；馬六甲的公主墳，到雅加達廢棄的工廠大廈、鬧鬼的拿督府。各種光怪陸離，各樣的奇人異士。真真假假，假假真真。在芭達雅，耽誤了些日子。本來是去拍當地一個被吹得很神的神婆。我們的翻譯，卻掉了隊，差點兒沒過一個小人妖的桃花劫。待我們回到河內的時候，已經過去兩個月了。

白天，我跟著導演去鎮武觀、獨柱寺補了幾個鏡頭。晚上，一個人百無聊賴。我就帶上一份地圖，出去逛。這時候已經入夏。天黑下來，街上還有一些熱騰騰的氣氛。到處是突突突的聲音。電單車在這裡是很普遍的交通工具。青年人們穿著鮮豔的衣服，哼著Westlife的舞曲。女孩們坐在後座上，摟著男朋友的腰。吊帶背心底下是黑黝黝的香肩。長頭髮在風裡吹得像一面旗幟。像世界上所有的城市，這裡也是摩登的。

我租了一輛三輪車。沿途的夜色和風景，都很讓人舒服。我不是個浪漫的人，可這一刻，心裡卻覺得放鬆和安定，或者是因為工作告一段落。我和踩三輪的大爺，用蹩腳的英文七葷八素地聊著。他不斷地推薦我去一些香豔的地方。這時候，我並沒有興趣風流。我對他說，我餓了，你載我去個吃飯的地方吧。

他說，那就去夜市吧。

這樣我就到了東雙夜市。我說我自己逛，你走吧。我付了車錢，又多給了他一些小費。臨走的時候，他還是有些不死心，說，真的不要lady嗎？cheap and good哦。我搖搖頭，對他比了個「讚」的手勢。

我辨認了一下，發現就在三十六行的北面。這裡是個很熱鬧的地方。像世界上任何一個大市場，叫賣聲此起彼伏。各種油膩或辛辣又不知緣由的味道，從周圍傳來。我買了個荷葉糯米飯，邊走邊吃。金桔椒鹽的味道很重，但是配上本地的秋葵，吃下去很過癮。街邊的小販正熱火朝天地把各種商品沿街擺出來。有一些好玩兒的冒牌貨，我看上了一頂A&F的棒球帽。在後腦勺上，用很小的字印著Autumn & Feather。我笑一笑，為了這個創意，買了下來。越往深處走，稀奇古怪的東西似乎越多。阿凡達面具，一次性防水紋身紙，日本出產的出氣沙包、性玩具、情趣用品，琳瑯滿目。一個裝束鮮豔的女人從巷口裡跑出來，攔住了我。她拿出一本冊子，指著上面衣著暴露的女郎照片，分別以越南話和英語跟我兜售。我故意用字正腔圓的北京話對她說，對不起，聽不懂。她愣了一下，拉住我的袖口，嘴裡冒出蹩腳的中文，中國，大哥，有發票。我大笑著跑開了。

就在這時，嘈雜中聽到了胡琴的聲音，在不遠處。這聲音我不陌生，因為我爺爺是個資深而無成就的票友。但節奏和音色與我熟悉的京胡並不一樣。我看見了一個很花哨的戲臺，搭在祠堂的前面。這戲臺的俗豔吸引我走了過去。一片大亮，臺上空無一人，可能一幕剛剛結束。幕布上方掛著褪了色的紅色橫幅「河內越劇同好會」。突然之間，響起幾聲斷續的鼓點。一個女人走出來，一身青衫，胸前綴滿金色的流蘇。幾句念白之後，開始咿咿呀呀地唱起來。這女人扮的是個年輕的旦角，但身段早就走了樣，臉孔也看得出年紀。同時幕布旁邊的電子屏幕上出現了兩個字：「追魚」。機器可能也失了靈，「追」字的「走之底」只剩下了一半。我記起來，這是個人和妖怪談戀愛的故事。唱了兩句，一個男的也走出來，一襲藍衣，讀書人模樣。也唱起來，他的聲音很好聽，有一點沙。唱什麼我是完全聽不懂，但聽上去卻有點耳熟。這是個書生，大概演員與角色年紀相當，就沒有女人的表演顯得勉強。看他的做科，稱得上風神俊逸。臉上的粉塗得很多，有些僵。但一雙眼睛，脈脈含情。對著這麼個身形肥滿的鯉魚精，還能這麼入戲，也不簡單。兩個人唱完了，出來謝幕。那男人開了口，說感謝之類的。南方口音的普通話。這聲音電光石火，我突然認出來，是阿讓。

我擠過人群，到了後臺，看見書生正在卸妝。我喊一聲，阿讓。他轉過頭來，真的是阿讓。我愣了一愣，說，你怎麼在這裡。阿讓笑笑，說，等我一會兒，我請你吃夜宵。

我們穿過街巷，在一個安靜些的燒烤檔坐下。阿讓點了一盤牛肉，又點了盤茄子，西紅柿西蘭花。我說，牛肉再來盤吧。阿讓說，不用了。給你點的，你們北方人愛吃。我晚上不吃肉。大葷傷喉。

我哈哈大笑，說，真沒想到，你還會唱戲。

他微微皺一下眉頭說，我來越南前，是省越劇團的演員。

我這才覺出剛才的輕慢，於是打個圓場，哦，唱得這麼好，幹嘛要改行做通靈師。難說，真是大仙附身了。

阿讓也笑了，輕輕說，在這裡，靠唱戲養活不了自己。

他夾起一塊西蘭花，慢慢地嚼：不過，我可能也快回順化去了。等攢夠了錢，我就辦個自己的劇團。

我說，嗯，你上次說來越南，是為了討生活。說到底，還是做自己想做的事。

他又搖搖頭，說，說到底，是為了一個女人。

我有些吃驚他這麼說，現出感興趣的樣子。可是，他倒不往下說了。端起酒杯，和我碰一下，說，喝酒。

我說，不過呢，你做通靈師，也是天賦異秉。不做了有些可惜。這本事可不是人人都有的。

這時，一點燒烤的油星子濺到了阿讓白色的襯衫上。他抽出一張紙巾，很仔細地擦，一邊說，無為有處有還無。

我說，什麼，這麼玄？

他笑了。

那天，我就和阿讓這麼有一搭沒一搭地聊到了半夜。

離開的時候，我說，剛才你在臺上，我給你拍了幾張照片。你給我個地址，回頭寄給你。

阿讓就說，好，回頭發到你手機上去。

回國以後，我的生活算是天翻地覆，這真他媽叫拜老凱所賜。為了跟他這個項目，好好一份公務員的工作辭掉了。這才知道世道艱難。打他那兒拿了筆錢，沒怎麼著就花光了。不過也算錢盡其用，我給自己添置了一套不錯的攝影器材。開始給人打打零工，拍拍婚紗照全家福什麼的。好聽點兒，就是幹上了自由職業者。這中間，抽了個空把婚給結了。不過我媳婦兒他老媽當時極力反對，說好歹一人民教師，千挑萬選，最後怎麼也不能嫁給個個體戶，還拍過什麼裝神弄鬼的東西。可我媳婦兒一新時代的女性，最後還是義無反顧地投入了我這個火坑。說實在的，我心裡挺歉疚的。特別見她安貧樂道的模樣，也心疼得很。有時候我借酒澆愁。她就用堅定的目光看著我說，焉知非福。我就嘆上一口氣。

第二年年頭，我正幫媳婦兒剝蒜吃餃子。老凱興沖沖地打電話給我：兄弟，你時來運轉了。我苦笑一聲，說，凱爺，您老就積點兒德吧。作為改變我人生的人，別再忽悠[6]我給您賣命了。

老凱就急了，說，馬達，你別他媽的沒良心。你知道盧卡諾國際電影節吧。我說，地球人都知道，紀錄片界的奧斯卡啊。您可別跟我說咱那破片兒獲獎了，廣電局都懶得禁。老凱說，是啊。您獲了個最佳攝影，中國第一人啊。請好等著上報吧。我聽他說完，頓時蒙了，無語對蒼天。蒙完了，扭一下自己的臉，生疼。我一把抱起我媳婦兒，說，我遠見卓識的老婆大人，I服了YOU，比章魚帝還他媽準啊。

事實上，這部叫《魍魎人生》的紀錄片獲獎以後，我的命運從未有大的改變。但畢竟讓我覺得理想不致一無是處。也有了繼續為五斗米折腰的勇氣。我依然拍人、拍寵物，跟在一對對新人屁股後頭，拍他們搔首弄姿的婚紗照。

有空的時候，我就把那只獎盃從書架上拿下來，擦一擦上面的灰塵。年齡與閱歷告訴自己，要淡定。直到《世界地理雜誌》寄來了邀請函，希望我成為他們在亞太區的簽約攝影師，聘任期為十年。

接下來的三年，我過上了自己想要的生活。走南闖北，拍了想拍的東西，去了該去的地方。到了這年五月，公司說讓我去下龍灣一趟，幫他們國

6 拐騙、唬弄。

家旅遊局拍一個風光宣傳片。我原本沒有什麼興趣。但想一想，答應了下來。

我把一張《魍魎人生》的光盤，放進了行李箱。

工作結束後，我打通了阿讓的電話。他很意外，但似乎還記得我。他小心翼翼地跟我寒暄了一陣。我問，你是在順化嗎？

他猶豫了一下，說，不，我還在河內。

再見到阿讓，是一個陰天的下午。空氣濕熱，汗悶在身上出不來。他給我的地址在古城附近，但很難找。我在巷子轉悠了好久，終於找到這個門牌號，是一處殘破的民房。

民房前面，有一個水窪。幾個小孩子正蹲著，專心致志地看著什麼。我走過去。水窪裡有東西輕輕地蠕動。當我認出是一隻初生的老鼠，有些反胃。小孩們撩起骯髒的水，潑向老鼠。老鼠掙扎著想要爬出水窪。他們就把牠的頭按下去。

水窪的邊上，是一叢梔子花，大朵大朵的白，開得很招搖。

沒待我敲門，一個粗壯的男子，光著膀子走出來，把一盆水潑到水窪裡。小孩子一哄而散。

我問他，阿讓在哪裡？

他開始沒聽明白。終於聽懂了，指指樓上，說，他可欠我兩個月的租了。

我沿著木梯往上走。樓梯已經不太結實，踏上去發出「吱呀」的聲音。扶手上棲著幾隻鴿子，側過頭，用好奇的眼神看我。我走近了，牠們就退後幾步。我揮了一下手，牠們就撲撲啦啦地飛走了。

樓上門開著。

我看到昏暗的房間裡，沒有開燈。房間很小，阿讓正坐在一個蒲團上，喃喃地說著話。黃昏的光線穿過窗戶，正照在他臉上。阿讓留了個平頭，比三年前瘦了許多。留了連鬢的鬍子，也顯老了。

他緊緊閉著眼睛，右手放在一個看起來很油膩的假髮上。面前是個中年男人，面目不清楚，我只能看見脖頸上紋著一條龍。

我知道他正在進行「問米」的儀式，假髮或許是逝者的遺物。我沒有打擾他，靠著門框站著。我正打算點起一支菸。

這時候，那個中年男人呼啦一下站起來，一拳打在阿讓的鼻樑上。阿讓睜大眼睛，驚恐地看他，同時發現了我。他揪住阿讓的領子，正要再打下去。我一個箭步衝過去，握住了他的拳頭。

我說，哥們兒。怎麼著，跟這兒動粗來了。

他掙扎了一下，仰視我一米八十的身形，放下拳頭，忿忿地說，沒本事，就不要裝神弄鬼。

我箍住他的脖子，你再說一遍，誰他媽裝神弄鬼，你丫欠抽啊。他的廣東腔成了哭腔，說，我大佬，怎麼可能把我的名字說錯。

我手頭的力氣一懈，他掙脫，奪門而逃。

我衝出去，大喊一聲，臭小子你給錢了沒有。

讓他走吧。我聽見阿讓輕輕地說。

他站起身，用手背擦了一下嘴角上的血跡，捏起那團假髮，扔出窗外去了。一邊說，這個人投資失敗，要跟他死去的哥哥問計。人生在世，富貴在天。問鬼能問出什麼來。

我沉默了一下，終於說，你他媽也真能忍，他當你是騙子呢。

阿讓苦笑。

他倒了一杯水給我，然後把房間裡的香熄滅了。

空氣就乾淨了些。有悠悠的梔子味傳上來。但是，仍沒有遮沒另外一種氣息，隱隱的，清冽而略微刺鼻。

我問，你沒有回順化去嗎？

他說，還要回去幹什麼。「生生生，雖生何所用。」戲文裡說得清楚。唱了這麼多年，如今才看透。

我看這房間裡，沒有什麼家具擺設。只有一張床，一張桌。擱了幾只蒲團，連神壇都免了。牆上有一道曲曲折折的裂縫，從天花一直延伸到地板上。

我說，你這幾年都住在這裡？

他笑一笑，說，寒酸是吧。這一行的生意沒以前好了。每年總有這樣的時候。熬一熬吧，熬過去就好了。

我說，對了，有東西給你看。

我就打開帶來的電腦，把光盤放進去，然後說，你等著，從頭看。十一分的時候就有你了。

是嗎？他盯著屏幕。他很少有這樣的目光，像是一隻等待獵物的小獸。當看到自己出現時，他臉上泛起了笑容，說，你看，那時候穿得多傻啊。

我看到他的眼睛興奮起來了。

看到那對中年夫婦，他的目光又黯淡下來。他說，唉，也不知道這老兩口怎麼樣了。就這一個孩子。

我說，人各有命，你幫過他們。也算了了他們的一樁心願。

這時候，他沉默了。

半晌，他問，你真的相信我？

我很肯定地點點頭。

他垂下臉，又抬起來，似乎下了很大的決心。他張了張口，終於沒有說話。

你，想過回中國去嗎？我看著外面。

這時夜幕降臨。房間裡的光線暗下去。阿讓挪動了一下，打開了一盞燈。這燈是油燈的樣子，裡面卻是一盞不太明亮的燈泡。光透過蒙塵的玻璃罩，打在牆上，是個弧形的光暈。

來了，還回得去嗎？阿讓的聲音很輕，像是說給自己聽。他打開抽屜，抄出一冊筆記本。翻開來，小心地取出了一張照片，遞給我。

照片是黑白的，看得出經了年月，已經有些發黃。上面是個古裝的女人，有明亮的眼睛和寬闊的額頭。

阿讓說，我是為她來的。

我進團的時候，就知道她了。阿讓眼睛看著一個虛無的方向，並沒有期待我問什麼。

他說，那一年，我剛剛從戲劇學校畢業。她已經是我們團裡最紅的花旦。聽人說她是餘姚人，從縣劇團上調過來。當初她來了，團裡好多人是科班出身，都不服氣，說她是野路子。可是，一兩個月後，就沒人是言聲了。只要她主演的劇，總能博個滿堂彩。一樣的唱白做科，她唱《葬花吟》，就能唱出人的眼淚水。一樣的頭面，她穿戴起來，就是個活脫脫的卓文君。

說到這裡，阿讓從我手裡拿過照片，定定地看。他用手指在上面輕輕撫摸了一下，說，那時候，她在臺上唱，我就在底下坐著聽。聽她唱《碧玉簪》，唱《盤夫索夫》，總是聽不夠。聽得忘了自己去練功，被我們組長罰了面壁。我那時總想，要有一日，能跟她對手演上一齣戲，該多好啊。我也知道這是個夢罷了。她怎麼能看上我這個毛頭小子呢。可有一次，劇團週年慶，排演一齣《追魚》。臨到演出前，演張珍的演員突然受了傷。B角竟然是我頂了。她看看我說，這孩子是工「官生」的，不合適。我也不知哪裡來的勇氣，說，讓我試試吧。

她點點頭，一場彩排下來。她笑一笑，對我說，唱得好。一雙桃花眼，人小鬼大啊。說完了，她摸摸我的頭。

那是我唯一一次和她同臺。阿讓看我一眼，說，後來她送我這張劇照。打那以後，在團裡也很照顧我。她燒的獅子頭，好吃得很。還給我織過一條圍巾。團裡的人就說，她收了個大兒子。我聽了，心裡頭不是個滋味。那年我十八，她三十二。

這時候，一隻蛾子飛進來，撞到了燈上。落了地，撲拉了幾下。阿讓皺了一下眉頭，用拇指碾上去，一劃。地上便是一道粉白的骯髒軌跡。他說，她和團長的事，我是最先知道的。我不知她為什麼相信我。她讓我幫她遞情書。團長是個大武生，人長得好，戲也唱得好。可他是結了婚的。我看著他們臺上臺下，眉來眼去。可我還要幫他們遞情書。有一次，我就拆了她的信，看了。然後給他老婆打了個電話。他們倆就在他家裡給捉住了。我以為他老婆會鬧，結果沒有。他老婆自殺了。

團長撤了職，她在團裡也待不下去了。後來聽說，她被廣西一個越劇團借調了去，沒有再回來。

我收到她的信，是八年以後了。我收到她的信，是從越南寄來的。她說，她在順化，她想見見我。

她為什麼單單寫給了我。你說，她為什麼單單寫給我了我。

阿讓的眼睛裡的光明滅了一下。我的嘴唇有些發乾。我舉起面前的杯子。杯子裡的水，已經涼透了。

阿讓說，我真的去見了她。她在一個很小的醫院裡，一個人。她躺在病床上，人瘦了很多，老了很多。臉卻還是瓷白的顏色，跟以前一樣。她得了晚期肺癌。她說，我快死了。不知道該見誰，就想起你來。

我說，你不會死。我回了劇團，辭了職。我帶了我所有的積蓄，來到了越南。我一個親人也沒有。這時候我才發現我除了她，沒有牽掛。我帶著她來到了河內，陪著她看病。住最好的醫院，吃最貴的藥。我們都知道，她就要死了。她不要做手術，她說，她想有個完整的屍身。

她終究還是死了。她死的前一天，讓我給她化了個妝。她讓我給她化的，是《追魚》裡丞相女兒的妝。她說，唱了一輩子鯉魚精，快死了，要做回個人。

那天，在殯儀館。她就要火化了。我的錢，只夠她在太平間的冷藏櫃裡待上三天。我讓仵工打開櫃子。我看著她的臉上、唇上掛著淺淺的白霜。好像睡著了一樣。

她就要被燒掉了。我哭著走出來。我想起她說，你讓我有個完整的屍身。

這時候，我看到有人在靈堂裡「問米」。我看到神案前一個很醜的男人，突然渾身抖了一下。不知為什麼，我也禁不住抖動了一下。這時候，有人拍了下我的肩膀，說，後生仔，你也鬼上身了？我嚇得猛回頭，看見一個中年人笑著望我。他就是老金。

老金說他是殯儀館的負責人。他打量我，像打量牛馬，然後問，長得不錯。想不想學門手藝？我們館裡就缺個像樣的通靈師。這如今是個好行當，供不應求。錢來如流水。我愣了一會兒，說，想，但我有個條件。

我對他說了，老金很爽快。老金說，看見太平間最東頭的十七號櫃子沒有。裡面那位從一九六四年待到現在了。吳廷琰手下一個將軍，政變的時候給崩了。他兒子給偷偷送過來，一直就這麼凍著。反正就是個錢，他們也不缺。他壓低聲音說，你回頭給我簽了約，那十九號箱就是你的，想藏到幾時都行。將來我們生意好了，我給你做最貴的防腐處理。

他最後問我說，誰讓你這麼捨不得？

我想想說，家裡人。

我跟著老金，一做就是十年。我幫他賺了許多。漸漸的，我除了這個，什麼都不會做了。是的，我曾經很受歡迎。我沒什麼異秉，我只是會演戲，會察言觀色，會看客戶的 Facebook，會收死人對頭的「水底」。

他笑了一下，笑得有些玩世不恭。他說，是的，我從沒離開過自己的老本行。說到底，我還是個戲子。

嗯，我有空了，就去看看她。看看她的樣子變了沒有。每次我都生怕打開櫃子，她不見了。還好，她好好地躺在裡面，樣子一點都沒變。

直到前年，這殯儀館要拆了。老金也要退休了。他說，十年了，你該帶走的帶走吧。我說，你讓我帶去哪裡。他說，自求多福。

阿讓說到這裡，聲音變得飄忽。這時候夜風吹過來，撩動了門簾。忽然間，我覺得身上一陣發涼。我終於問，那，你帶去了哪裡？

阿讓沒有言語，但他的眼神溢出了一線溫柔，目光落在我身後。

我身後，是那只簡陋的床。借著微弱的燈光，我辨認出床底下，是一具漆得很厚實的黑色棺材。

我們沒有再說話，只能聽見彼此的呼吸聲。桐油的氣味混著漸漸清晰的藥水味，漫瀉開來。

又過了好久，我克服了自己的虛弱，站起來。我說，我走了。

我回轉身，還是很堅定地說，你是個最好的通靈師。

當我走下樓梯，那些鴿子又聚攏了來。
牠們轉動著腦袋，咕咕地叫，沒有放棄對我的好奇。
但是，當我走近牠們的時候。牠們依然毫無猶豫地，飛走了。

朱䴉

這些紙很皺了，每展開一張，便是一塊血紅色跳入眼睛。
那是一張紅色的臉，屬於一隻長著紅色臉的鳥，血淋淋的。

我看著他。他的眼神空洞。不是這個年紀的孩子慣有的懵懂眼神，而是屬於一頭小獸的。在覓食前後，或者危險將過時的，無所用心的茫然眼神。

童童。我喚他一聲。他沒有回答。

此刻，他緊緊攥著一枝筆，在紙上畫出一道弧線。他的腳邊，還有許多張這樣的紙。上面畫著植物和似是而非的動物形狀。

他終於也抬起頭來，看著我。我不知該用什麼樣的眼神看他。事實上，作為一名警察，我的辦案經驗豐富。我很清楚，應該以何種目光應對當事人或者證人。但是，面對童童，我感到一籌莫展。

他的母親，此刻身體冰冷，了無聲息，已是一具屍體。她被發現時，安靜地躺在浴缸裡，眼睛被手術繃帶緊緊地纏住。而喉頭上的一刀，劃得十分俐落。手法完美，幾乎可以想像，血液從頸動脈噴濺而出的景象。血液劃過一道拋物線，一部分落在洗手池上，但被擦拭得十分乾淨。甚至地板上，也很乾淨。凶犯是個有潔癖的人，冒著留下指紋的危險。除了浴缸裡的血腥，洗手間裡不著一塵。根據法醫對傷口的鑑定，作案時間應該是在晚上十點半左右。

而路小童，正在近在咫尺的客廳。坐在桌前，一筆一筆地塗抹，在已經顏色濃烈的紙上塗上更多的顏色。眼神漠然。

我對路小童並不陌生。在我們這裡，他的知名度很高。因為他的畫在國際上數次獲獎，幾乎成為這座城市的文化標識。但是，作為這起謀殺案唯一的目擊證人。他的優秀，並不會帶來太大的幫助。相反，可能成為某種干擾。

他是個自閉症兒童。

儘管在常人看來，這樣做有些殘忍。但出於辦案程序的需要，我還是將小童帶到作案現場。他看著母親的屍體，面無表情。但是，我仍然注意到他瞳孔裡一瞬的放大。幾乎是一絲光芒，稍縱即逝，像是兒童面對喜愛的食物或玩具時的興奮。他將手伸向母親搭垂在浴缸邊緣的手臂。我的同事小陳想要阻止他的動作。我搖頭向她示意。他觸碰了母親的手，然後彈開。眼神飄搖到其他的地方。我迅速將他帶離現場，我問他，童童，昨天夜裡，你看見了什麼？

路小童望著我，突然呼吸急促，身體震顫，口中發出「嗯呀」的聲響。

小陳說，王隊，他是不是被嚇著了。

我搖搖頭，不，或許，他只是說不出來。

我們檢查了屋內的陳設。門窗緊閉，沒有明顯的搏鬥痕跡。門把手上只有小童一人的指紋。這說明在兇手離開之後，他曾經企圖打開大門。但是，由於種種的原因，放棄了。我環顧四周，室內陽光黯淡。這是八〇年代興建的多層公寓，沒有電梯，也沒有小區監控。但是房間大而空闊，有著現在的房產開發商所不甘心的實用面積。我望向陽臺的位置。這個陽臺比我熟悉的要小一些。因為三分之一被封進了室內，增擴了房間的面積。陽臺上晾曬了幾只女人的胸罩和內衣褲，在微風裡飄動。

我對小陳說，把童童帶回局裡。他的臨時監護人已經到了。

這時候，我的電話響起來。是妻的。我聽完了電話，皺了一下眉頭。小陳說，王隊，你先回趟家吧。反正也近。

我說，行，我等下直接到局裡。

小陳說，嫂子興許是怕了。這種事出在自個兒住的小區裡，也是窩囊。

第二天的正午，我們見到路小童的外公外婆。這對已屆古稀的老人，面對我們，並未失態，保持著知識分子慣有的禮儀。但我仍然從老太太紅腫的眼睛裡看出昨夜的煎熬。小童坐在隔壁房間，坐姿靜止端正。這個樸素的房間裡，一切仍舊井井有條。依牆的紅木條案上，掛著一幅草書中堂，上書「無欲則剛」四個字。字體勁拔，落款是「韓子陌」。死者韓英的父親。

我知道會有這麼一天。韓子陌說。

在長久的沉默後，是這樣冷的聲音。小陳與我對視了一下。老太太在一旁，聽到這句話，看著自己的丈夫，似乎在看一個陌生人。她輕輕說，你，你這是說的什麼話？講完了這句，她肩膀細微地抖動，忽然抽泣起來。開始是嗚咽，漸漸失去了節制，捂住了臉，大放悲聲。老先生並未勸阻她，眼睛與我對視，目光冰冷。小陳嘆口氣，走過去，挨著老太太坐下，安慰她。這樣做，儘管逾越了職業準則，此時此境，我也就由她去了。

一個有病的孩子，何必這樣招人眼目。韓子陌說。當初如果跟著我們，也不至於這樣。

我想一想，說，小童的教育，還是很成功的。

老先生看我一眼，口氣利了些，只有你們這些人，會這樣看。你以為他很喜歡經常被擺在人前嗎。現在死的是我的女兒。可如果她不死，會有人在乎我們說什麼嗎。

老太太這時抬起頭，狠狠地說，韓子陌，你說這樣的話。你是發神經了麼？小英已經不在了呀，不在了呀。

韓子陌輕輕仰起身體。他站起身，走進裡屋。走出來時，手裡是一本相冊。他打開，看到裡面，全都是小孩子的照片。是路小童，各種姿態、神情。照片上的小童，和其他的孩子比起來並無什麼不同。甚至還更明朗健康一些。韓子陌再開口時，我們都聽到他聲音有些發哽。他說，這孩子，應該一直跟著我們的。

我問，小童跟著你們生活到幾歲？

韓子陌說，三歲。

以後一直和韓英一起過？

韓子陌點點頭，沒有說話。小陳問，您剛才說招人眼目，最近有什麼異常的事情發生麼？韓英近來和什麼人走得比較近？

韓子陌說，我不清楚。韓英不讓我們見孩子。我只知道她在籌備童童的畫展，都是和那些人在一起。

我問，那麼，策展方是什麼人？

老先生這回沉默了，他朝裡屋看了看，問我說，同志，我想知道，我和她外婆，是童童的第一順序監護人嗎？

我說，如果孩子的直系親屬，父母都不在世，或者放棄撫養權。

老太太黯然的眼睛，忽然迸發出光芒，牙齒裡迸出一句話來，休想，路耀德休想把童童從我身邊搶走。

見到路耀德是在兩天之後了。他的臉上看不到旅途的勞頓，也沒有時差帶來的疲態。我們都在準備對付一個棘手的人。但事實上，路小童的父親，看起來似乎比這世界上的大多數人都更好相處。

他安靜地聽我們說完事情經過，輕輕說，給你們添麻煩了。

這時有人為我們斟茶。是他的現任妻子，也是他的助手。女人很年輕，眉目清淡。在交談的過程中，她始終在幫我們端茶遞水。不像個女主人，更像個沉默殷勤的僕從。在安排好一切後，她就回了自己的房間。看著她消失在樓梯的拐角，我忽然意識到，這個房間其實很大。但是擺滿了各種舊物，陶器、卷軸、不同類型的絲織品。我相信這些東西來處不凡，但太多太雜，因此房間顯得逼仄，甚至有點不夠體面。

我還是愣了一下，說，聽說你這次出國，是為了一個收購項目？

路耀德點點頭，嗯，收購了英國一家畫廊。

我說，兩天就完成了，效率很高。

路耀德眉頭舒展了一下，說，是，兩天，足以為我提供不在場證明。

我說，你最近似乎出行並不多。

他說，嗯，這段時間很關鍵，我得知道她對我兒子做了些什麼。

他掐滅了手中的菸。這時天色忽然大亮，陽光變得刺眼。路耀德站起身，將窗簾拉上了一半。他的臉龐變成剪影，看不到神情，輪廓堅硬。

他說，你不明白我的工作性質。我是一個掮客，將有錢人的錢變成他們自認為高雅的東西。

我想一想，說，你說的這些東西裡，也包括童童的畫？

他的手，在沙發扶手上抖動了一下。我注意到，他下意識地將手指摳進了布藝沙發罩的一個破洞裡，那個洞或許是被菸灰燙的。很規則的圓形，恰好落在一朵玫瑰花的花蕊中間。他說，在她瘋掉之前，是這樣。

我問，你說韓英？

路耀德並沒有回答。他將目光收回，直視我說，前幾天收購畫廊的那位，新買了幅畢卡索，藍色時期作品。要我找人幫他鑑定，我看一眼，是真的。那時候的畢卡索，就是這麼平庸。

我說，少年畢卡索，維拉斯奎茲救了他。

路耀德剪一支新的雪茄，聽到這裡，手停住，說，懂行。你們警界藏龍臥虎。

我淡淡地說，我是恰好當了警察而已。

以為話題會向預期的地方開展。路耀德有些突兀地問，什麼時候能走，我要帶童童去澳洲。

我們離開時，竟下起了雨，剛剛還是大太陽。這雨來得突然，小陳說，王隊，你等著，我去停車場把車開過來。這時候，聽到有人喚我們，是路太太，靜靜地站在身後，手裡是兩把傘。

我們接過傘，道謝。聽到她輕聲說，我不喜歡這孩子，但他還是跟著我們比較好。

路上，小陳問道，頭兒，你覺得路耀德的嫌疑大嗎？

我說，他有不在場證明。

小陳說，我的意思是，買凶。

我沒有說話。

前面的切諾基開得小心翼翼，一看就是個新手。後面的人都在按喇叭。小陳也有些不耐煩。車在紅燈停了下來，她才說，作案動機很充分。三年前，他出過車禍，失去生育能力。也就是說，童童是他唯一的子女。

還有，頭兒。她說，你讓我查的事有眉目。他其實是個隱形富豪。在A公司有一成半的股份，聽說最近在考慮轉讓。他說的去澳洲，可能和這個有關。

在車流裡緩緩地行進，下了高速，進入我們生活的城市。天已經擦黑。在雨裡，這城市被洗得更清晰了。現在看來，卻似是而非。大概是還有許多地方，我看不到。許多地方，我不想看見，藏在某個暗黑的角落。一晃，我在這城市已經住了五年。這些年，就這麼過去了，什麼痕跡都沒留下。不，也不是。我的心緊了一下，看到遠處立交橋上的路燈，如金黃色的弧線一閃而過。

回到我所住的小區，雨還在下，不過小了很多。風吹過來，打在臉上，是淺淺的涼。抬起頭，尋找五棟三〇二室的窗口。找到了，封鎖已經解除。沒什麼特別。已經是凌晨，和其他窗戶一樣，黑成了一片，融入了這幢建築的背景裡。

大約聽到了鑰匙的聲響，妻打開了門。我們沒有說話。但她仍然給我端了一盆洗腳水過來。她回房間之前，對我說，你最近忙，我們的事情，過些日子再說吧。

再見到童童，是在總局的「心理干預中心」。社會的輿論，終於造成了我們工作的被動。死者身分特別，是本市著名天才兒童的母親，這引起許多不必要的遐想。局領導覺得，路小童會是案件得以打開的缺口。可是，沒有指紋，沒有監控，沒有孩子之外的目擊證人。死亡推算時間，在一個正常的夜晚。

儘管說起來有些殘酷，但對一個自閉症兒童心理創傷的療癒，一旦成為破案的關鍵，警方慣常的經驗，都顯得無可用武。

許醫生職業性的微笑，還較為自然。我們面對路小童，顯得小心翼翼。孩子偶然地抬起頭，眼光一輪，和眾人沒有交集。落在我的臉上，也只一瞬，沒有任何內容。

許醫生向我示意，我們走出來。她說，情況不算很好。

我望著她的臉，點點頭。我信任許醫生。「心理干預中心」成立不足三年。許醫生博士畢業調過來後，已經協助我們破獲了幾起大案。

她從桌上抽出一張紙，這是童童的心智評估結果，不理想。

我看了兩遍，終於說，在非常情況下，你不能要求這樣的孩子一本正經地接受測試。他不是你作研究的素材。

許醫生沉默了一下，說道，你的心情我理解。我們可以不重視量化分析的數據。問題是，一旦體會到他的抗拒，就另當別論。

許醫生轉過頭，透過單面鏡，看著監控室裡的小童。在昏暗的光線下，這孩子的臉色沒有太蒼白，有了些許生氣。他的手指在桌上滑動，看上去依然無所用心。許醫生說，對所有人，這都是個坎兒，何況是童童。一般孩子也可能因為極度恐懼失範和失語，要先幫他們從心理重創中走出來，再進行記憶重建。

自閉或者亞斯伯格症兒童我都接觸過。他們和常人的認知能力不同，會出現中央統合系統障礙。簡言之，很難讓他們看到事情的全部，所謂只見樹木，不見森林。他們對局部專注，異乎尋常地執著。但認知紊亂大大影響他們事件重塑的取向。

我說，您的意思是，童童還不清楚他母親已經遇害？

許醫生說，不，事實上，是他並不會為母親遇害感到痛苦。

我愣一愣，說，他或許知道，但是說不出來。

許醫生搖搖頭說，所以，我要徵詢你的意見。〇八年的時候，我曾隨隊參與過汶川地震的災後心理疏導。有個家庭，家裡三個大人去世，孩子救出來了。那孩子的精神狀態異常，沒有任何悲傷的表現。他的父親下落不明，為協助營救，我們主任試圖用情境重創刺激他對父親的記憶。孩子終於意識到失去親人，哭出來，後來在廢墟堆前指出父親遇難的準確方位。但是，兩個月後，孩子自殺了。

我沉默了很久，說，或許我們有更溫和的方法。

許醫生說，語言交流是童童的弱項。我給你看樣東西。

我看著她手中的一沓照片。這是童童的畫。在凶案現場的客廳發現，原稿送到我老師那裡了。幾張，似乎是同一種鳥。

我也看到了，是同一種鳥的不同動作，抽象，但是優美。這鳥血紅的面龐，讓我感到似曾相識。

我說，這是什麼。

許醫生看我一眼，說，朱鷺。

因為我的協調，童童被送回外公家裡。路耀德並未表現出很多抗拒。他只是說，如澳洲的事情定下來，童童必須跟他走。

我在一個午後，造訪他們。這時候是盛夏了，外面聽得見響亮的蟬噪聲。韓子陌在臨門的條案前寫書法。我走過去，他正在臨《膽巴碑》。我屏息看著。待他收了勢，我才說，好字。

韓太太遞過去一塊毛巾，他擦了擦汗，嘆口氣說，老人臨老字。趙孟頫寫這東西，六十多歲。我今年快七十，不入老境，焉得其味。如今又加上一條，白髮人送黑髮人。

老太太眼神暗了一下，倒沒有太多淒然的顏色。她平靜地將毛巾收過來，招呼我說，王同志，吃西瓜。沙瓤。

我說，老人家，節哀順變。

韓子陌拎起把蒲扇，拍一拍腳邊，說，何至於讓你勸我們，人已經沒了。哀莫大於心死，往好處想，我們至少還有童童。

我說，孩子這兩天還好吧。有沒有什麼異常？

韓子陌的聲音有些發嗡，跟著我們，不哭不鬧，能吃能睡。

他遙遙地望向屋子裡面，我順著他的目光，能看見床上一個小小的身體輪廓，很安靜。但蜷著，不舒展。

三個人都沉默了。我看見在這老舊的房間，有許多痕跡，是用日子一點點地碼起來的，漸漸佔據了這房子。五斗櫥上，掛著一幅黑白照片，是個面目嚴肅的老先生，眉目與韓子陌十分相似。照片下頭的牆，有些焦黑，可見是上過香。也許一年兩節，也許清明十五。

八仙桌上面，鑲了幾只鏡框，裡頭是一張張獎狀。其中一張，嵌著一幀很小的相片，也能看見年頭。依稀辨得出是個眼睛清亮的少女。她的目光，迎向對面牆上的「無欲則剛」。

韓子陌不避諱，喃喃道，不燒香了，不燒了。我也老了。我爹命比我好，有人送終。我將來，能有童童打個幡兒就能闔上眼嘍。

他取下老花鏡，屈起手指在眼角擦擦，又戴上了。我還是看見有些混濁的灰閃動了一下。這老人硬挺的身子，此時也塌陷下來。他說，王同志，我爹是個老革命，皖北鄉下的粗人。我媽是個女學生，地主出身，嫁給了他。後來跟人跑了，四九年去了臺灣。他說，粗人好，心正。讀書讀得多，把人心都讀歪了。可他還是供我讀書，念大學。因為我媽走前，給他留了個字條，掖在我包袱裏裡，上頭寫「腹有詩書氣自華」。我爹恨讀書人，可他又送我讀，就為了一張我媽寫的字條。這其中的意思，你可明白？

我不知如何答他，張一張口，終究沒說話。

這時候，樓上突然傳來斷裂的鋼琴聲，應該是個初學者的練習。老房子的隔音不是很好。這聲音就好像一下一下地敲在人的心尖上。老太太忽然彈了起來，因為她聽見裡屋那張老床發出吱吱呀呀的聲響。

小小的身體擰動了一下。慢慢坐起來，然後靜止在那裡。略彎曲的背，形成一個佝僂的暗影。不是屬於這個年紀的，我的心無端地動了動。然後看童童慢慢地從床上下地，腳搆了一下地上的拖鞋。慢慢地，踩著斷裂的鋼琴聲，向我們走過來。

大人們在沉默中遲疑了一下。老太太先快步走過去，說，寶寶，醒了，吵著你了？

童童沒有理會她，眼神很空洞，望向遠方，漸漸聚攏來，越過自己的外公外婆，最後落在了我的身上。

他的鼻子嗅了嗅，眉心抖動了一下。他靠近我，慢慢伸出手，拉住了我的衣角。他似乎深吸了一口氣，靠我更近了一些，最後靠在我的膝蓋上。我不知應該作何反應。

韓子陌也有些驚奇，他輕聲說，別動。

大約一分鐘後，童童的外婆輕輕摩挲了他的肩膀，說，童童，我們睡覺去。

童童猛然回過頭，一口咬在外婆上的手腕上。然後口中發出嘶音，外婆並未本能地甩開，而是紋絲不動，深深皺著眉頭。我看到一滴淚水，靜靜地，順著她溝壑滿佈的臉上流下來。

待童童的呼吸均勻了，終於放鬆了下來，眼裡小獸一樣的光也渙散了。外婆並不顧手腕上瘀色的牙印，輕輕撫著他的肩頭，一下又一下。然後將他帶離了我。童童看我一眼，掙扎了。掙扎中身上的汗衫被撩了起來，讓我看見了他腰間青紫色的傷疤。

外婆一使力，將童童抱了起來，將他抱回了臥室。臥室的門，在我眼前被無聲地關閉了。

我和韓子陌面對面坐著。韓子陌的手顫抖著，打開了電視，裡面在播放戲曲節目。一個半老的女人，化了很厚的妝，有些吃力地甩了一下水袖。是《宇宙鋒》裡的趙豔容。

我終於開口，說，童童的傷還沒好，我們請醫生驗過……

韓子陌沒容我說完，將電視遙控器狠狠地擲在茶几上。他說，這是我們的家事。

我說，韓老師，這也是案件調查的一部分，希望您理解。

韓子陌冷笑說，理解，人都已經死了，你要我怎麼樣。將韓英的屍體起出來，大卸八塊嗎。

韓太太不知何時站在我們身後，她輕輕「噓」了一聲，克制地說，你們這樣吵，眼裡可還有這個孩子？

她靠近我耳邊，壓低了聲線，王同志，你說，路耀德肯將童童的監護還給我們，是真的嗎？

我猛然抬起頭，問她，什麼？

老太太似乎被我嚇了一跳。她說，昨天晚上，他來過。

我心中風馳電掣一般，稍事猶豫，問她，路耀德沒提什麼條件嗎？

韓子陌愣了愣，說，他要走了一些韓英的東西，說留個念想，還有童童的一些畫。拿走就拿走吧，我不會再讓這孩子吃這些畫的苦。一筆都不讓他畫了。

這時，五斗櫥上的座鐘忽然「噹」地響了一聲，我這才注意到，外面已經擦黑。我拉開包，從裡面掏出那疊照片，給韓子陌看。我說，韓老師，麻煩您看一下，這裡面的畫您見過沒有。

韓子陌戴上老花鏡，一張張翻過去。當翻到其中一張時，他的眼睛突然定住，他說，這張。

我的眼神也定住了。我說，路耀德拿走的畫裡，有這張？

韓子陌搖搖頭，說，他拿走的那些，我連看都沒興趣看。不知用了什麼手段，讓孩子畫這些。

他說完，想起什麼，將沙發茶几邊上的字紙簍拿過來，翻出了幾只紙團。他將紙團一張張展開，一邊說，這孩子，靜下來了，就畫個沒完。

這些紙很皺了，但每展開一張，便是一塊血紅色跳入眼睛。

那是一張紅色的臉，屬於一隻長著紅色臉的鳥。

紅色的墨水，血淋淋的。

我回到局裡時，已經是晚上九點鐘。小陳正趴在桌上吃盒飯。我說，還沒走？

她點點頭，想起了什麼，說，王隊，嫂子來過。

我說，哦？

她看看我，說，今天把手機落家裡了吧。嫂子給你送了過來。還有，她說天熱，給你送了件換洗的襯衫過來。沒趕上你在局裡。

她對我努努嘴。我看見一件魚白色的條紋襯衫，疊得整整齊齊的，擱在我的桌子上。在並不光亮的燈光下，閃著毛茸茸的暈。

小陳說，王隊，你們結婚有六七年了吧。人說七年之癢，你們還那麼膩，也真是造化。你看我們家那位。這才一年，我來例假肚子疼。他老人家在家挺屍[1]打遊戲，都不肯來接我一下。什麼一日夫妻百日恩。我算看透了，是恩愛夫妻不到冬吧。

我笑一笑，沒說什麼，將那件襯衫對摺一下，放進了公事包。

我打開家裡的門，看到卡卡端坐在門口，像是一口鐘。牠無聲地在我褲腿上蹭了一下，然後轉過身去，把我的拖鞋叼過來。

牠定定地看著我。我換上拖鞋，撫弄了一下牠的頭。卡卡張開了嘴，舌尖在我手背上輕輕舔了一下。我能感覺到溫熱的氣息。

臥室裡有細碎的聲響，門打開。妻打開了燈，說，回來了？

我點點頭，說，謝謝妳。

她彎下腰，從地板上撿起一綹淺黃色的絨毛。對著燈光看一看。她說，你該知道，卡卡是你的狗。如果你自己都不當心，沒有人能幫得了你。

這是拉不拉多犬落毛的季節，妻每天很耐心的打掃。在我出門前，必為我換上乾淨的衣服，並杜絕卡卡與我親熱。

她說，我今天蒸了荷葉雞，給你留了一點。現在去回個籠。

我說，別麻煩了。

---

1 形容身體如屍體般僵直，多用以比喻睡覺。

妻說，不麻煩。

廚房裡氤氳起了豐熟的香味，傳到了客廳來。妻靠在門口，將睡衣的領子理了理，問我，那孩子還好麼？

我心頭被什麼東西觸碰了一下，終於說，嗯。他很熟悉卡卡的氣味。

我坐在桌前，打開荷葉。枯敗的經絡扯起糯米的黏絲。雞很鮮嫩，是前腿肉。妻對食材總是很細心，甚至謹慎。對細節的在意，符合一個南方人的個性。這道菜或許擱了一個下午，入味了，也入了心。吃了許多年，再談不上驚喜。但或許我會懷念。

我說，鍾曉，我會給你一個交代。

妻將手支撐著下巴，看著我，臉上是有些疲憊的神情。她收拾碗筷，輕輕地說，王穆，我們好聚好散。

其實，沒人介紹的話，你很難想像路耀德的畫廊，是寧州市交易量最大的畫廊。

或許因為它地理位置的偏僻，靠近城市西北的游龍區。游龍以前是個郊縣，現在因為城市都在擴張，這裡成了區。能看見發展的痕跡。沿江的地方也建起了觀光步道，這自然是房地產商與政府力量制衡的結果。四周新起了許多樓盤，理直氣壯地矗著。這一帶河道也經過了整改。浩浩湯湯的江水，奔突中彷彿洩了氣，甘作了私家的人工湖。

然而，這間叫「稻暗」的畫廊，建在游龍還未見開發的地方。是一處舊式的祠堂改建的。這祠堂的主人，據說整個家族在光緒年間，就遷去了皖南安慶一帶。說遷去似乎又不妥，傳說祖上便也是安徽的一個望族，避禍而來。太平了，便回去了。但是，卻留下了這些徽式建築。黛瓦、白牆歷久，斑駁不堪皆原貌保留。屋簷勾心鬥角，還十分完整。

外頭是一望無際的稻田。第一季的稻，離成熟還早，青綠地搖曳一片。

路耀德引我走進去。裡面也並不堂皇排場，保留了原先的陳設。屋頂上看得到黑灰色的椽子，上面卻掛著類似於劇場燈的裝置。燈光照射下來，是雪亮的，打在牆壁上是一個個白慘的光暈。每幅畫都籠在光暈裡。

空氣裡有濕漉漉的氣息。是錯覺，畫廊容不得潮濕。路耀德說，是一個日本朋友為它的畫廊調製的香氛。還有縹緲的音樂，游絲一樣。路耀德拿出一只遙控器，將聲音開大。咿咿呀呀的女聲，我這才聽出來，是崑曲。〈遊園〉裡的杜麗娘。

這是路耀德為童童策畫的第三個個展。主題叫「風箏誤」。

童童的畫，用的是套鑲，裱成了圓形和扇面的形狀，倒也古色古香。畫意來自崑曲的折子。〈三岔口〉、〈小商河〉、〈皂羅袍〉，都是似是而非的人形。童童的畫，筆觸是有趣的。很奇異的收放，線條不拘，然而色彩用得大膽，又純淨。櫻桃紅，明黃、孔雀藍。只說《邯鄲夢．生寤》，人物後的山石，青綠得響亮，似要叫喊出來；一幅是看不見五官的臉，也不見手足，籠著半透明的長衫，潑墨是飄然的衣袂。題著「浮生如稊米，付與滾鍋湯」，也是童童的字跡，稚拙無邪、無拘束。我想起了那孩子眼裡的一點光。

我問路耀德，你從韓家拿走的，就是這些畫？

路耀德說，一部分吧。事實上，童童畫崑曲主題有一段時間。我把一些樣張給買家看過，從策展的角度，也成熟了。不枉我隔上一陣兒就帶他去「竹苑」看「省崑」的演出。這孩子還是很靈的。

我說，你怎麼知道他愛這個，想畫這個？

路耀德說，愛不愛，你從畫裡看不出？

這畫呢，你見過沒有？我從口袋裡掏出那幾張照片。那只面龐血紅的鳥，未曾收入童童任何的畫冊，也沒出現在他的每次展覽。

路耀德看一看，不動聲色地說，沒有，對這種隨筆畫的東西，我也不感興趣。

我問，你見過童童身上的傷嗎？

路耀德打量了我一下，說，好，首先，我再重申一次。我有那天的不在場證明。其次，我想你首先應該調查清楚，對於一個自閉症兒童，他一生的花費，包括過去現在和將來。然後再來評估他父母的行為。

回到局裡，小陳見了我就說，頭兒，許醫生來了。

許醫生依然面帶微笑，輕輕和我握了下手。我能感受到其中隱隱的不安。我問，醫生，有新的情況？

許醫生並沒有立刻回答我，她說，我去了童童的爺爺家。聽說路耀德放棄了監護權，只是帶走了一批畫。

我說，您去了韓家？

許醫生說，童童最新的心理評估報告，結果不太好。老師建議這段時間，由我們「心理干預中心」照顧孩子。

我說，為什麼？我認為他和祖父母一起生活是最安全的，對他的心理康復也最有利。

許醫生停頓了幾秒鐘，用很清晰的聲音說，我們也要為他祖父母的安全負責。

我愣一愣，終於說，這就是您說的結果？

許醫生拿出一疊資料，這是格拉斯哥大學心理評測中心的研究數據。我在那裡進修過，近年一直有合作。這是他們提供歐洲近二十年的非常罪案紀錄。

她翻開一頁，挪威的布瑞維克，還有這裡，英國的希普曼。

我順著他指的地方看去，這張臉我並不陌生。千禧年伏法的英國醫生。

我說，什麼是Autism Spectrum Disorder？

許醫生不動聲色，自閉症候群，簡稱ＡＳＤ。這幾個重犯，在少年時都表現出明顯的症狀。

小陳深吸了一口氣，說，許醫生，我們這個案子，你知道作案手法有多麼俐落。

許醫生似乎下了一個決心，說，關於這一點，我從未懷疑過童童的智商。而且，我們對他的腦結構做了掃描，發現……

我抬起手，打斷了她。我說，許醫生，把這些資料留給我吧，謝謝。

我坐在檯燈底下，看那些照片。畫上的鳥看不清形狀，但大多飛得輕盈，自由自在。

牠們有的舒展，有的睏倦地縮成了一團。每一隻的形態，都不相同。童童是在怎樣的心情之下，畫下了牠們。

我說，這些鳥，叫朱鷺？

小陳未說話，定定看著我。在確定我不是自言自語後，她說，是，這孩子畫這個，不查的話，真不清楚已經是快絕種的鳥了。只有陝西還剩下一千多隻。國家一級保護動物。哦，以前日本也有，還是他們的國鳥，已經絕跡了。

日本，你說日本也有？我回轉身，看著那隻鳥紅色的臉，火燒一樣。

是，六〇年代還有，後來滅絕了。中國曾經有過援生計畫，失敗了。

我看著手裡的照片，一些是從路耀德那裡拍來的。一張是面容扭曲而嬌豔的杜麗娘，眼中卻無瞳仁，揮舞著水袖。她的對面是個看不清形容的人。

佝僂著身子，沒有顏色，黯淡的皴筆，寥寥地勾出了輪廓，像一個幽靈。良辰美景奈何天，賞心樂事誰家院。這是一個孩子眼中的崑曲。我們讀不懂，但是看得見。孤零零的人形，臺下的熱鬧看不見。

我闔上眼睛。

忽然間，我想起了路耀德的一句話，誰還記得老玩意兒，都快死絕了。

我迅速打開搜尋引擎，打下了「朱鷺」、「崑曲」兩個詞。

沒有太久，我找到我想看到的東西。「朱鷺」是一個中日傳統藝術交流計畫。今年的主題，是戲曲。

在過去的兩個月，寧州市「省崑」與京都上野能劇團，在臺灣與日本南部巡迴，下半年將開始中國大陸的交流巡演。日方的藝術總監是中村哲也。

半個月之後，我在「竹苑」劇場如願見到了中村先生。

我走進去的時候，演出接近尾聲。臺上是個一身素白的女人，因為光線的幽暗，身上大朵金色的牡丹顏色也壓抑了幾分。不知是否因頭面過於沉重，她舉手投足間，都似乎緩慢凝滯。在同樣凝滯的音樂伴奏下，她的聲音也是幽咽的，甚至有幾分暗啞。我知道這便是能劇，是比崑曲還將式微的劇種。但我並不知這女子扮演的是什麼角色，她的行頭似乎屬於一個中國女人，而臉上過厚的藝伎一般的施粉，卻是日本的。我有些惶惑，一邊端詳這張慘白的臉，和櫻紅的唇。

當我走到了後臺，見到了中村先生。他正在卸妝。頭面已經除下，慘白的面龐在燈光底下，辨認不出任何表情。他見到我，似乎微笑了一下。皮膚也因微笑泛起了褶皺。我忽然意識到，這是一個上了年紀的人。他問我，王先生，我這齣《楊貴妃》唱得如何。

他的漢語十分標準，緩慢鏗鏘，但似乎過於字正腔圓，暴露了作為異國人的身分。

我說，我孤陋寡聞，能劇裡也有《楊貴妃》？

他並不急於回答我的問題，拿起一塊卸妝棉，在臉上擦拭。臉頰上現出了這個年歲的人常有的暗黃膚色。於是他的臉開始斑駁。這時他回過頭，說，您可能聽說了楊貴妃在馬嵬坡賜死後，有一段東渡日本的傳說。雖然歷史上沒有確切的考據，但她卻是在日本最著名而尊貴的中國女人。當然，這折能劇有對京劇的借鑑，但表現手法是日本的。楊貴妃是中國的，也是日本的。自唐以來，中國很多的東西，現在都是日本的。特別是那些已經消逝的東西，比如建築、服飾，甚至禮儀。

我說，所以，您的「朱鷺」計畫是為了拯救？

他笑一笑，露出了並不很白的牙齒，是的，拯救我們共同的東西。當然，有些也許放在日本會更好。

我也笑了，日本的朱鷺滅絕的時候，中國曾經借過幾隻，但結果似乎並不很理想。

他想一想，將嘴上的紅色擦了一下，說，適應水土很重要。

我終於問，您認識路小童嗎？

他微闔起眼睛，說，是那個天才的小朋友？雖然他的畫我並不是很欣賞，但他有個經營有方的父親。

我問，您熟悉他的畫？

中村點點頭，是的，而且，或許我會為他找到好的買主。我有興趣和他們父子合作，設立一個自閉症兒童的藝術培養基金。

近期，他似乎對朱鷺很有興趣。我說。

我並不在意他的畫本身。他微闔起眼睛。

對不起，我要卸妝了。這些油彩，對於我這個年紀的人，並不是很健康。我已經六十一歲了。

卡卡這幾天很沒精神，不願進食。牠已經是一條老狗。妻給牠煮了一碗雞湯麵，麵煮得很稀很爛。還有將一些狗糧泡在牛奶裡面，泡軟了。卡卡不吃，牠依偎在我腳邊，下巴搭在我的腳趾上。很暖、很熱，這熱力一點點地，由腳趾順著我的腿，傳遍了全身。

妻說，莫小偉已經辦好了離婚手續。

我說，你再等等。

王穆，你說，我們如果留在江州，會是什麼樣子？妻幽幽地問。

我向窗戶外面看出去。黃昏了，外面是一片火燒雲，很豔很濃。各種各樣的形狀，在雲層的交接處，像是要滴血。我說，現在江州，正在起颱風吧。

妻說，小時候，我最怕起颱風。我們家的一棵老香椿樹，是給颱風颳倒的。我哭了整個下午。每年，阿婆都會用頭生的小母雞蛋，給我炒香椿吃。阿婆的手藝好，你是知道的。你最喜歡吃她的咕嚕肉，阿婆走了，也快六年了。

我沒有說話。

妻說，打小，阿婆最喜歡你，說你是大院圈不住的千里駒。我爹也喜歡，說他當了幾十年的語文老師，沒一個像你這樣有靈氣，是讀重點大學的料。你去念警校，他惋惜得很。可一個教書的，怎麼說得動你爸。你爸一句「子承父業」，誰又說得動。

一向寡言的妻，像在自言自語，說了許多。她的臉衝著窗口，夕陽最後的光線，打在她臉上。她的臉色彷彿好起來了。

她說，不都是命？警校挨著美院。該遇見的，一個都跑不掉。遇見了，走掉了，心留下來。我知道，你肯跟我在一起，是灰了心了。你說要來寧州，我眼睛都沒眨一下，就應下來。只要能跟著你，我甘心。

我看著她，猶豫了一下，還是冷冷地說，你和莫小偉，還有後半輩子。你再等一等。

妻微笑了，說，好，我再陪你走一程。

中村哲也的身分，終於調查清楚。他成立的所謂基金會，是一個國際藝術品的走私平臺。幾次傳統文化交流的項目，成功地促成了三百多件文物的地下交易。

而與「朱鸝」為名的中日傳統戲曲項目有關的，是七幅初唐時期的金箔畫。

我在一個午後造訪了他。中村卸了妝的樣子，不陰柔，也並不老於世故。這是個標準的藝術家的樣子。一頭鶴髮，眼睛很清澈，不像是這個年紀的人該有的眼神。

他見了我，不意外，而是直接走到客廳中央的茶海前，說，這工作室少有貴客光臨。朋友剛送了上好的單欉，獨樂不如對樂。

我也坐下來，看著對面的牆上掛著一只巨大的臉譜。一半是紅色的關羽，一半是白色的趙高。我說，您這掛的，一忠一奸，倒是壁壘分明。

中村慢條斯理，將一杯洗茶的水倒進了黃花梨的茶海。執起聞香杯，在鼻前輕輕轉動。雖說是中國茶，但他的一招一式，如同日本茶道般法度謹嚴，幾乎是有些拘泥了。做完了這些，他才用雙手捧起一杯，遞到我手上，說道，王先生說是分明，依我看倒像是在一張臉上合璧。世上大奸大善的究竟是少數，多半都是混混沌沌的囫圇人。就好像這茶，多好的茶，洗得再乾淨。也還是有些旁的東西留下來，讓我們喝下去。

我抿上一口，果然是好茶。茶香清洌，醒了神。

中村又泡上一泡，笑笑說，王先生一個人來，再好的雅興，也不是找我喝茶的吧。

我也笑一笑，說，我是為「朱鷃」而來。

中村說，哦？我們這個基金會，有此榮幸，讓中國的警界保駕護航？

我說，我們要護航的，是我們自己的東西。

我拿出一疊照片，指給他看。這是基金會分別在北京、上海與蘇州交易的五幅現代畫。作者是路小童。如果消息來源可靠，剩下的兩幅將要在寧州交易。

中村哈哈一笑，說道，這是我和小朋友父親之間的祕密。

我放下照片，望著他，如果我沒猜錯，這祕密現在就在您的保險箱裡。兩幅〈朱鷃〉，也包括嵌在畫框裡的金箔畫？

中村定定看著我，手摸向書桌上的傳呼器。

我迅速地掏出槍，指向他，說，是的，是你，利用了這個孩子。你用了兩年的時間，逼迫他做他並不想做的事情，大量地生產所謂崑曲主題的水粉畫。你和路耀德，利用了他有一個偏執的母親，要在一個自閉症的孩子身上實現凡人的理想。她不能輸，她不惜對孩子用暴力。這些你恐怕都是知道。現在，這個母親死了，你又想用他的爸爸爭取監護權。當你意識到這男人和童童沒有血緣關係時，你開始草草收網了，不是嗎？

我將槍對準了中村的太陽穴，大聲地說，如果這孩子是你的，你會這樣做嗎，你忍心下得了手嗎？

我知道我的聲音，開始歇斯底里，我知道我開始失控。然而，我也突然間，感受到一種虛弱，席捲而來。我的食指顫抖著，向扳機扣動下去。

這時，我的肩頭忽然痠軟了一下。我扭過頭，看見小陳的臉。我看到血汩汩地流淌出來，是我的血。

審訊室燈光太亮，如同白晝。為何以前我不會覺得這麼亮。

我很睏，但是這燈光太亮，將我闔上的眼睛又撐開來。我坐在嫌疑人的座位上，面對著我的同事。

小陳的聲音有些發澀：王穆，二〇一五年五月十二號發生在祥和小區五棟五〇二室的凶殺案。警方已經掌握了足夠的證據，指認你為第一嫌疑人。你有什麼要說的嗎？

我愣一愣，說，我可以說什麼。我說得再多，最後報紙上都是四個字，「供認不諱」。

小陳說，王穆，你和被害人韓英認識？

我說，是。

記得你們第一次見面的具體時間嗎？

我低下頭。

小陳說，據你的妻子鍾曉供述，你們是在你就讀江州警校二年級，也就是一九九五年的時候認識，是否屬實？

聽到這裡，我苦笑一聲，說，她倒比我記得清楚。是，沒錯，那一年秋天。我們學校附近的江州美術學院在招聘模特。人體模特，酬勞不錯。我想賺生活費，就應聘了。那時已經是深秋，畫室裡的暖氣不足，我光著身子站在桌子旁邊，冷得打顫。這樣站了兩個小時感冒了。我穿衣服時，前排有個女生遞了一只暖手爐給我，是韓英。

後來，我們就好上了。不過沒有人知道。我家那個倔老爺子給我訂過一門娃娃親，因為鍾曉的爹，在文革時候救過他的命。韓英對我也沒意思，她是心大的人，和我這個粗人沒有共同語言。不過她喜歡和我睡覺，我們就斷斷續續地睡了兩年。可在這兩年裡頭，我愛上了韓英。

小陳說，韓英畢業後，你們還有聯繫嗎？

我搖搖頭說，韓英回了寧州，沒再和我聯繫。後來我知道她結了婚，有了孩子。

審訊室的光線，讓我有種奇特的不適應感。這是第一次。我試圖低下頭，讓光線不那麼刺眼。我想，這樣我更像是對自己說話，漸漸不那麼難堪。

都是三年後的事了吧。我是三年後去的寧州，放棄了在江州的升職機會。那是韓英的城市。我只想離她近一點。在這期間，我看了許多美術方面的書，每看一本，就覺得離她近了一點。

我並不想打擾她。我和妻過著平淡的日子。她是個好女人，但因為心臟不好，我們無法生孩子。我知道她多麼想做一個母親。但我卻並不很想做她孩子的父親，是上天成全。我沒有別的愛好，只是喜歡看畫。韓英最喜歡的畫家是西班牙的維拉斯奎茲，與荷蘭的魯本斯。我記得一個雨天的黃昏，我們做愛之後，她支起了畫架，畫我。我們都赤裸著身體。作為一個模特，我並不稱職，曾經在臺上緊張得雙腿發抖。但此時我從未覺得身體如此放鬆。

我看她將我畫成了一個鬆懈的人形，她用油彩在我肩上畫了一頭麋鹿。我們又做了愛。

寧州是省城，畫展很多，還有各種講座。這使我成為一個成熟的美術愛好者。但我忘不了的，仍然是在每一次做愛後，韓英偎在我懷裡，給我講文藝復興、印象派和達達主義。她的眼睛微微闔著，聲音很輕柔，像是看著一幅畫，在我們眼前的遠方。

我在寧州平靜地過了三年，直到有天在電視裡看見童童。這孩子剛剛獲得國際大獎，是這個城市的天才兒童，但有自閉症。她的母親沒有放棄，而是不遺餘力地培養他。我看到鏡頭裡的韓英，記者在採訪她。她仍然微闔著眼睛，語氣輕柔，我聽得出她很疲憊。

那孩子寬闊的額頭，和下垂的眼瞼，讓我覺得似曾相識。雖然我並不確信。

哦，你們覺得並不像是嗎？但是，這是一個父親的直覺。

此後我漸漸知道了韓英這幾年發生的事情，知道她離了婚，也聽到她奉子成婚的傳言。我想，她的前夫離開，必然有一些原因。如果是出於對一個自閉症孩子的厭惡，他為何仍然願意做童童的經紀人。

哦，是的，我是第二年搬進了韓英附近的小區。我沒有選擇，但這種想法太燒灼。我和鍾曉從未有過爭吵。當她發現了這與韓英有關，情緒變得激動。我說，你不能阻止我守著自己的孩子。

鍾曉說，如果我能證明這不是你的孩子呢？

我說，那我們就搬走。

後來嗎？是的，事情就像鍾曉對你們說的。我們想了一些辦法，對童童做了DNA檢測。不，這要感謝卡卡。鍾曉在一次遛狗時與韓英母子不期而遇，發現童童異乎尋常地喜歡卡卡。她摸清了韓英帶著童童出來散步的規律。是的，她弄到了童童的頭髮。

哦，我並不擔心。首先，你們知道這些舊小區的格局。我們所住的單元，離韓英的相隔九棟。我們從不同的小區出口出入。並且，撞到了韓英，對我而言並不是壞事，我求之不得。但是，鍾曉卻很防範這一點。事實上，我的確一次都沒有碰見過她。

是的，我也很吃驚鍾曉在這件事上的誠實。或者她也很想知道答案，或者她太過自信。看到DNA親子鑑定結果時，她哭了。

嗯，事情的確不是那麼美好。當我發現小區旁邊那座山丘上，有座廢棄的碉堡正對著韓英起居室的窗口，我自然感到興奮。是的，望遠鏡就藏在碉堡裡，但你們找不到的。鍾曉也不知道。作為一名職業刑警，我的反偵查能力很不錯。

我一般是在晚飯之後才去。人比較少，更重要的是，那是童童作畫的時間。我想看他是怎麼畫畫的。

童童很安靜，他作畫的方式，有著普通孩子不及的耐心。他可以整個小時不挪動位置。將各種絢麗的顏色，按照他的邏輯呈現。這是他的世界。我看著，幾乎入了迷。

是的，當我第一次看到韓英打童童，我也很吃驚。我以為我看錯了。但是，她的確很使勁地打他。動作激烈而用力，像在打一個物件。

那一次，我的太陽穴劇烈地疼痛。但我知道自己，自己無能為力。後來，我發現，她對童童的毆打，似乎沒有原因，甚至形成某種奇怪的規律。多半發生在晚上九點左右，童童在作畫，有時在做別的事情，突如其來就遭到了毆打。但她不會打孩子的臉。童童挨打時，沒有任何反抗，至多是瑟縮在牆角，用手抱著頭。後來甚至頭也不抱。

再後來，我看到了路耀德。

路耀德頻繁地出現在韓英家裡。不，路耀德沒有打過童童。當韓英打孩子時，他通常在抽菸。但過後，他會給韓英服用藥物，讓她鎮靜下來。他很喜歡看著窗外，有那麼一兩次，我甚至以為他看到我了。

不，他和韓英沒有任何肢體上的接觸。所以我一開始也納悶他為什麼會出現。當然我跟蹤過路耀德，那時他已經與助理同居。至於和韓英，我沒有看到他們之間有過性行為。他們也爭吵過。韓英似乎有些歇斯底里。路耀德只是給她服用藥物，是的，還看到過靜脈注射。

有一次，我看到童童被打暈了過去。我看著他，一直等到他醒來。他抬起眼睛，眼裡頭沒有光。他向窗口看過來，和我的眼睛撞上。我當時嚇了一跳，又忍不住迎向他的目光。我們中間隔著遙遠的距離，茂密的灌木叢，在廢棄的碉堡裡，是我的眼睛。

我看著，我的兒子。

這是我計畫的開始。我必須要阻止。

是的，我等待了很久，等到了路耀德出差的日子。知道這一點並不困難。路耀德收購畫廊的計畫，並未嚴格保密。在這個沒有男主人的家裡，他是唯一可能壞事的人。而且，鑑於他與韓英特殊的關係，他的嫌疑很難逃脫。

韓英對於時間，有可怕的執著。她會在十點鐘準時進浴室洗澡。路耀德來訪的日子除外。當她獨自一人，她會在洗澡前為自己注射鎮靜藥物。這或許是她一天最平和安靜的時候。也是我唯一可以動手的時機。

至於童童，你問得很好。在此之前，我們沒有見過。我甚至擔心我會因此產生一瞬間的軟弱。是的，對於初見的人，他可能會本能警惕。我對於他的辨識能力，並沒有很準確的把握。

所以，其實我已經準備了備用鑰匙。嗯，不時之需。但那引起的後果，是不可預計的。

我戴著路耀德常戴的同款禮帽，穿著黑色寬大的府綢襯衫，模仿他的方式按動門鈴。那種輕浮的按動門鈴的方式，我研究了很久。門打開了，是的，我看見了童童。但是他的目光卻落在我腳下，是卡卡。

是的，小陳，你曾經說過，鄰居沒有聽到任何異常的聲響，童童或許看到了熟悉的人。嗯，你只說對了一半。童童看到的，是熟悉的狗。那天，房間裡的燈光昏暗。或許童童只是聞到了熟悉的氣味。這一年多，鍾曉帶著卡卡，與黃昏散步的童童母子，一次次地不期而遇。卡卡對童童來說，是一隻善意的狗。

我順利地進入了房間。我將童童與卡卡帶入了儲藏室，關上門。我看到童童的最後的動作，是將臉埋在了卡卡的皮毛裡。我甚至沒有用乙醚。當然，接下來我用到了，我打開浴室的門，看到了闊別已久的韓英的臉。她看見我，還未及做出驚奇的反應，便昏死過去。

她的血先是噴到了洗手臺上，然後汩汩地流出來。我感覺到她的體溫漸漸冷卻。一邊擦拭血跡，一邊才開始打量這具曾經和我做過愛的身體。這具身體也老了，短短幾年，肌肉已經開始失去彈性。她躺在浴缸裡，因為鬆弛，好像漂浮在水面上。乳房綿軟地漂浮。這時她的面容，出奇地寧靜。與我在望遠鏡中看到的判若兩人，這才應該是她本來該有的樣子吧。

我清理乾淨。走了出來，用了一種荷蘭產的無味清新劑。是的，它的作用顯而易見，可以去除房間裡我與卡卡的氣味，以及干擾警犬的嗅覺。

童童看著我，同時間抱了一下卡卡。我試圖想擁抱他一下，但是忍住了。這個孩子自始至終保持著安靜，他與人有獨特的交流方式。我指了一下卡卡，對他做了一個噤聲的手勢。

嗯，接下來，說說朱鶚。

接到韓子陌的報案後，我延遲了幾分鐘，才到了現場。我需要我的同事們在我之前將取證蒐集充分。我並不擔心童童認出我。這是個缺乏語言能力的孩子。沒有人可以為他的行為能力負責。但是，讓我吃驚的，是桌上那幾張朱鶚的圖畫。是的，正是許博士拿走的那幾張。這是在我離開之後，童童畫下的。我很難想像，他以怎樣的心理狀態畫下了那些畫。

那幾張畫和後來的一樣，稚拙而絢麗。雖然只有灰白與紅色。但那紅色真的十分絢麗。我不知童童為什麼要畫下那些畫。

是的。我認識到這些畫的意義，是從路耀德放棄了監護權開始的。路耀德很幸運。如果他不放棄，那麼我下一個動手的目標就是他。我自然不相信，在他與韓英離婚後，會為了保持童童的本地與國際聲名而不遺餘力。但我一直無從解釋，直到我認識到了朱鶚的意義。

天可憐見，韓英如果知道了事情的真相，不知作何感想。或者，她本來就知道，自欺欺人，也要將天才兒童的母親一直扮下去。

你們趕到得很及時，我沒有打算和中村同歸於盡。我已經時日無多。鍾曉也沒有必要告發一個淋巴癌第三期病人，這對她而言等同於自首。她太軟弱，我不需要她的同情。她這輩子都毀在軟弱上。

一切本可以悄悄結束的。

你們說什麼。她沒有告發我。那麼，你們從什麼時候開始懷疑上我。

小陳沒有說過多的話。這時候，我看見許醫生走進來，打開了幻燈機。我看見她將一張幻燈片放上去。

哦，童童畫的朱鸝，在我離開的那天夜裡，他畫下的。白色羽翅，青灰的頸項，還有血紅的頭部。在對面的幕布上，慘白的光暈裡頭，紅得像血滴下來。又一張，疊在這一張上。這是一張回身輕啄羽毛的鳥。紅得更濃重了些。然後是第三張，第四張，我看到錯綜的線條交纏在一起，像是形成了某種輪廓。第五張，第六張。鳥的形狀漸漸湮沒在了與彼此同類的交疊中，那輪廓越來越清晰。我的呼吸急促，有一種恐怖的感覺漫溢上心頭。

當第七張圖片擺在幻燈機上的時候，我看到了一張完整的男人的臉。這張臉寫實得如同一張相片。纖毫畢現，栩栩如真。

那是我的臉。

罐子

小易將衫子掩上。後退幾步，跪下來說，叔，我欠你。

房間的光線黯淡了下去。一片靄游過來，慢慢地將月亮遮住。

其實，關於我為什麼要開這間士多店[1]，鎮上有各種傳聞，我一直沒有對人解釋過。因為三言兩語，並不能解釋清楚。

至於我是個什麼樣的人，我也未必覺得需要作交代。鎮上有許多像我這樣的中年男人。已經過了年富力強的年紀，雖未至頹唐，但精神已不如以往。在鏡子裡，看到自己上移的髮際線，一兩星的白，我深深地吸口氣，收藏自己微凸的小腹。人似乎也體面了一些。

然而，我與他們的不同之處是，我並非當地人，在這個偏僻的嶺南小鎮裡，我的口音實際顯得有些突兀。我上翹的舌頭經常引起他們的恥笑。他們模仿我的腔調，與我打招呼，順便買走一兩包菸。

總體而言，他們對我算是友好。當最初的好奇過去，距離感也隨之消失。觀望的趣味是短暫的。他們終於會在我的店鋪前坐定，點上一支菸，開始和我說鎮上的家長里短。多半都是瑣事，南方口音說起這些瑣事來，乾脆而輕碎，的確恰如其分。我坐定，袖了手聽他們說，當彼此比較熟了，也有一兩個以耳語的方式，放大聲量向我宣佈，鎮東頭彩嬸家的新抱[2]，是買來的。我自然是有些驚訝。因為這個鎮子雖然偏僻，但尚可稱富庶，遠不需要以這種方式娶親。他們就指指自己的腦袋，解釋說，彩嬸的仔，傻傻的。

入秋，來幫襯的人少了一些。夏天有買冰淇淋的孩子跑來跑去，總顯得熱鬧些。我會就著櫃檯看書，一兩個看見我，就說，原來是個讀書人。我說，都是閒書。來人就說，書就是書。如今哪有人讀書，我們鎮上的先生都跑出去做生意了。我就笑一笑，用手捋一捋揉皺的衣服下擺。

我已經習慣於穿麻布衫子，鎮上自產的。這種麻布非常粗硬。開始穿時，覺得渾身不舒服。但是穿久了一些，也就慣了。一個人在屋裡的時候，光著身體，穿著一件麻布衫子，身體任何凸起的地方，都被粗礪地摩擦，看似自虐。這樣久了，再穿上柔軟一些的衣服，倒覺得周身輕鬆了很多。

好吧，我承認我有些怕孤獨。冬天來到的時候，為了留住他們，我在鋪頭裡架起一只小灶。我在灶上坐上平底鍋，澆上熱油。烙我家鄉的油餅。小火，熱油，慢慢地烙。煎完一面，再煎另一面。撒上一把蔥花，香味立時飄

1 雜貨鋪。
2 兒媳婦。

散出來。刷上我自己攢下的鴨油，皮薄，味足。先給孩子們吃，孩子們大口地吃了，抹抹嘴巴，一溜煙跑回家，將家裡的大人帶來了。大人吃了，說，他侉叔，還真沒吃過這麼好吃的餅，就一塊麵皮，香得趕上潮州人的蠔烙了。我笑笑說，儘吃，管飽。

我的鋪子前於是又熱鬧起來了，我一面烙餅，一面聽他們說家長里短，里短家長。一個孩子說我要烙一張他帶回家去，他婆婆嘴饞，卻腿腳不好。我說「好」，他眨眨眼睛對我說，多放蔥花哦。

後來有一天，鎮長來了。來收鋪租。這鋪子是鎮長租給我的，不過鋪子不是他家的。關於這連鋪兩間半房的來歷，沒有人對我說過，我也不問。有時有人問起我知不知道，我搖搖頭。問的人輕輕「哦」一聲，就轉開了話題去。

鎮長吃了我的餅，說，哎呀，當真好好食。傻佬，識不識做生意，這樣的餅，是要拿來賣的，無怪你發不了財。本錢總要收回來，聽我的，一張一塊錢，我說得算。

鎮長找鎮上的先生，幫我寫了一塊招牌，「一文餅」。就掛在鋪頭的房簷底下。來吃的人沒有少，反而多了。畢竟誰也不把一塊錢當回事。不過收起錢來，我反而覺得麻煩，我一隻手烙餅，一隻手淋油，沒有多餘的手收錢。我騰空了一個糖罐子，放在櫃檯上，吃餅的人，就自己把硬幣投進去，「噹」的一聲響，很好聽。

鄰鎮的人也來了。說是鄰鎮，也要翻過一座山的，來的是幾個年輕人。來吃我的餅，說，大叔，翻山越嶺為口餅，這就是品牌效應。

光顧我的，很少有本鎮的年輕人。到了過年的時候，他們卻來了。他們都成群結隊地在外面打工，去北方，或者更南的南方。他們回來，饒有興趣地打量我，像當初的鎮民一樣。他們吃著餅，捲起舌頭問我，侉叔，你是不是北京人？我不知道什麼時候我有了一個綽號叫「侉叔」，後來才知道，他們稱北方人叫「侉子」，正如我們北方人叫他們「蠻子」。我說不是，他們有些失望。他們說，北京多好啊。我看你也不是。北京那麼好，你怎麼會來我們這裡。

雖然是南方，冬天的夜很冷的。只是沒有家鄉的雪，我一個人坐在屋子裡，看著外面。沒有雪，還是冬天的樣子。灰撲撲的，樹和樹的影子，都不精神了。南方的冬天，是濕潤的冷。不爽利，冷在了骨子裡。說不出來的滋味。

我給自己包了一碗餃子，慢慢地吃著。煮一點，吃一點，就著醋和大蒜頭。

我看一看日曆，年初三了啊。

初三，為什麼鎮上這樣冷清和安靜呢。大年初一，鎮長請了一支舞獅隊來，在鎮上挨家串戶地走了一圈。到了我的鋪頭跟前，已經沒精打采的，像是頭睡不醒的獅子。我給他們封了包利是[3]，他們才打起精神來，舞弄了幾下。鎮長說，好了，好了，就是圖個吉利。你們北方也有舞獅子，好歹解解鄉愁。

我們北方也有獅子，倒不是這樣的。我們北方的獅子，沒有這麼大，也沒有這麼花花綠綠。我們的獅子，不會眨眼睛，舔毛搔癢，搖頭擺尾。但我們的獅子勇猛，舞蹈如戰鬥。我們的獅子，是胡人傳過來的，頭上頂了一支角，是不可近人的神獸。小時候，過年趕廟會，就為了看舞獅。那時節的廟會，多熱鬧啊，好吃好玩兒好看。捏麵人的，烙花饃的，變戲法的。那時的好玩，如今的孩子哪裡看得到啊。

我揭開了鍋，舀了一碗下餃子的麵湯，就著碗，咕嘟咕嘟喝下去。這也是我們北方人的老講究，姥姥說得好，叫「原湯化原食」。

外頭不知怎麼，淅淅瀝瀝地下起了雨。南方冬天少雨，不過得也不爽利，下起來，少說也得個三五天了。我靠著窗子，閉起眼睛養起了神，聽雨打在敗葉上的聲音。悉悉索索，悉悉索索。

忽然，我聽到一陣聲音，眼皮抖動一下。那聲音怯怯地，是腳步聲，到了門口。是一個人，站到了我的門口，再沒有聲音。我站起來，打開了門。

門外站著一個人，抬起頭，夜色裡是一張不乾淨的臉。就著燈光，我看見是個半大孩子。男孩子，寸把長的頭髮，幾乎遮住了眼睛。雨水正從頭髮上濕漉漉地滴下來。順著臉頰往下淌，在燈底下泛著蒼白的光。衣服穿得單薄，也打濕了。

他看著我，開了口，說：一文餅？

我點點頭，本想說，過年不開張。這時候，他打了個噴嚏，於是我說，

---

3 紅包。

進來吧。

我從鍋裡舀了一碗餃子湯，說，對不住，餃子剛吃完，先喝碗湯暖暖吧。我給你烙餅。

他端起碗，咕嘟咕嘟地喝下去。看來是渴壞了。

我開了爐子，將小鏊洗一洗，坐上。我和麵，揉麵，擀餅。切蔥花，油已經在鍋裡滋滋地響。我回過頭，那孩子端正地坐著，眼睛卻呆呆地望著窗子的方向。餅上起了泡，發出焦香味。我刷上鴨油，撒了蔥花。這香味更為濃郁了。

我烙好了一只餅，起鍋，說，得嘞，幫手去櫥子裡拿只碟子。

沒有人應聲，我轉過臉，看那孩子已經趴在炕桌上睡著了。炕桌是我自己打的，我嫌矮，他趴著卻正好。

我走過去，拾了件衣裳給他披上，接著烙餅。烙了五只，都放在碟子裡摞著。他還睡著，在燈底下，臉色好了一些。忽然，他身體輕輕抖了一下，嘴角翕動，似乎睡得很沉。燈光在他臉上，是毛茸茸的一層輪廓，這是個清秀的孩子。

我挨著床沿坐下，也覺得睏了，迷迷糊糊睡過去了。

我醒過來，天已經大亮，我看見床上整整齊齊地疊著衣服，碟子空了，五只餅都沒有了。碟子上還有一些細碎的渣子，我發著呆，拈起渣子放在嘴裡，嚼一嚼，有焦香的味道，還有點過夜的苦和澀。

初五那天，我開了張。自然沒有什麼生意，偶爾有幾個外出的打工的年輕人，經過鋪頭，買包菸。說，侉叔，走了。

到了天擦黑的時候，我就想打烊了。這時候，卻見遠遠有人走過來，將一張五塊的鈔票放在櫃檯上。我一看，是那孩子。

他說，我來還你錢。

他的聲音清細，但我終於還是聽出了他的外鄉人口音。在這裡待得時間長了，多少也分辨得出。

我把錢收下。他站在櫃檯前，沒有走。

我說，你來串親戚，是哪家的。

他搖搖頭。

我說，沒有地方去？

他點點頭。

這時候天上響起一聲雷，還沒開春，這雷打得很蹊蹺，眼見著，雨又下來了。我皺皺眉頭，說，進來坐吧。

他就跟我進來了。自己搬了個板凳坐下來。

雨淅淅瀝瀝地下開了。雨勢還不小，打在屋簷上劈哩啪啦亂響。

我也坐下來，點上一支菸。讓給他一支，他猶豫了一下，點上火。我說，悠著點抽，我這是北方的土菸，味道可衝。話音剛落，他已經咳嗽起來，我看他咳得臉也漲紅了，上氣不接下氣。

我哈哈地笑起來，我說，看你那手勢，就知道沒抽慣。

我把他手裡的菸接過來，一併叼在自己嘴上，說，男人一輩子長得很，先開個頭，留著將來慢慢抽。

待咳嗽慢慢平息下來，他也沒有說話。抬起眼睛在屋子裡打量，目光落在我桌上的書。這本《笑傲江湖》已經被我翻得有些破舊了。

我笑笑說，讀過？

他點點頭。

我想一想，問，那你說說，這書裡頭，你最喜歡誰？

他不假思索道，任盈盈。

我頓時來了興致，說，倒不是令狐沖？

他沒再出聲。過一會兒，抬起頭來，說，我沒地方去，你能給我個活幹嗎？

我一時有些吃驚。再看他，眼眸裡並沒有一絲怯，也沒有玩笑的意思，是想好了說的話。

我說，你這個年紀，要麼讀書，要麼正是出去打工的好時候，留在這裡有什麼出息。

他一咬嘴唇道，人各有志。

我說，你該看出來，我這間小鋪，是一人吃飽，全家不餓。我沒有多餘的活兒，也養不起閒人。

這孩子說，你怎麼就知道我是個閒人？

我瞇起眼睛，說，是，我還不知道你的底細。你倒是會做什麼？

他說，我會做白案。

我說，白案？

他點點頭，我幫你揉麵，攤餅。我還會包雲吞，整叉燒包。

我笑笑說，我這是個雜貨鋪，小本生意。

他說，誰不想賺錢呢，你管我吃住就行。

我看他很認真的臉，不知為什麼，覺得有些喜歡他了。我說，罷了罷了，看你本事吧。三天開不了張，你捲鋪蓋走人。

夜裡頭，我在雜貨間給他搭了個行軍床。

我拿了身麻布的睡衣給他。說，把身上的衣服換下來吧，挺大味兒。

他不動彈。我擱下衣服，走了。

我轉過身，聽到後面悉悉索索換衣服的聲音。我想，這小子，還知道害羞。

叔。我聽到他喊我。

怎麼？我問。

我叫小易。他說，容易的易。

第二日，天擦亮。我聽到外面一陣響，像是什麼倒了下來。我趕緊出去，看見櫃檯旁的灶披間，一陣陣地往外埲灰。小易一邊咳嗽，一邊又搬出了一個大紙箱子。

我冷眼看了一會兒，問，這是幹嘛？

小易沒有抬頭，手一揚，說，沒有地方，怎麼做白案。叔，給我搭把手。

這個灶披間，我其實沒有怎麼進去過。打接下這爿鋪子，便一直由它閒著，沒想到，小小一間房子，裡頭竟有這麼多東西。一箱箱的空酒瓶子，包裝袋，幾串已經發了霉的花膠和銀耳。最多的，是一摞摞的捲標，各種捲標，淘大醬油到「劍南春」。我皺了一下眉頭，說，看來這鋪頭原先的東主，不是什麼老實人。

小易抿一下嘴，沒有說話，將那些標籤掃進了垃圾桶。

待爺倆兒收拾得差不多，天已經大亮。小易留下了一張條案，幾把凳子。凳子有幾只朽了，缺了腿。小易說，叔，你會不會木工活？

我說，小事。我後生時候，名號叫「賽魯班」。

天公作美，幾天的雨，竟然有了大太陽。小易和我將條案抬到太陽地裡曬。

小易騎著我進貨的小三輪車出去了。個子矮，看他蹬得有些吃力。我想，這孩子，人看著瘦小，倒真是個幹家子。

我叼一根菸，將我打櫃檯的那套家什收拾出來，斧鉞刀叉，倒也齊全。天兒好，沒刨幾下，出了一身汗。

有人路過，問說，侉叔，年都沒過完，忙什麼呢。

我嘴裡一根菸，手裡不閒著，沒空搭理他們，就笑一笑。

旁邊年輕的就說，侉叔想要拓展業務呢。

我將條案刨平整了。拾掇了幾只板凳。油漆也拿出來。刷綠色，清爽些。想一想，還是刷層清漆吧。

小易回來的時候，是後晌午了。灰頭土臉的一個人，眼睛卻格外亮。小易淺淺地笑說，叔。

我說，小子，我看你買了些啥。

車上琳瑯一片，有白案的傢伙什。案板，擀麵杖，笊籬，還有一只餅模子。我說，好嘛，我一隻手，一只灶的事。你整出了這麼一大夥子來。

工欲善其事，必先利其器。小易說。

啥？小子，你讀的書看來不少。叔聽不明白了。

我擺擺手，幫他拾掇車上的東西。一袋麵粉，一大塊精肉，一大塊肥膘。幾棵大白菜，茴香，一瓶「八大味」。我說，我給你那幾個錢，你還真能置辦。

小易說，都是下到明鏡村裡買的，肉是跟李屠戶現割的，白菜疙瘩是杜阿婆藏在窖裡的過冬菜。半買半送，你人緣好。

我說，他們倒是都認你的帳？

小易低了低頭，半晌，說，我說我是你的遠房侄兒。叔，你不怪我吧。

我看看這孩子，不知怎的，心頭莫名的一軟。我沒等他解釋，自己先把話繞了過去。

我說，好，我在這住了這麼久，人都認不完全，倒給你作了大旗。

小易從車上捧下一個陶罐子，擺在我剛刷了清漆的桌子上。我說，嘿，沒乾呢。小易趕緊捧起來，罐子底已經印了一個圓印子。我一陣疼惜，說，匠人最怕留瑕，你毀了我的手藝。

小易無措，末了卻小心翼翼將罐子又擺在那個圓印子上，說，往後這印子專為擺這罐子。

我嘆口氣，端詳那罐子，不像個新東西。彩陶的坯子，黑釉上得粗，顏色都滲出來。還是能囫圇看出人和動物的形狀來，沿口上有層油膩。我揭開罈子蓋。小易忽然伸出手，擋住我，我還是聞見一塵土味。

我說，哪裡弄了個古董來？

他不看我，將一層油紙將罐口封起來。

這天夜裡，我睡得很沉。我這人是看家睡，稍有動靜就會醒來。這天卻很沉。可能是許久沒有幹體力活了。我甚至作了夢，夢見了年輕時候的事，迷迷糊糊的，都是些以前的人和事。

凌晨，我在一陣香味中醒來。這香味奇異極了，豐腴的油脂的氣息，混著濃烈的中藥味，刺激了我的鼻腔，生生將我從夢裡頭拉出來。

我披了衣服起來。看見小易單薄的背影。他坐在灶披間裡，眼前蹲著爐子，爐子上坐著那只罐子。天還暗著，微微的火光照在他臉上。臉色倒更蒼白了。那奇異的香味，正是從陶罐裡飄出的。小易埋著頭，正用剪刀細細剪著什麼東西。我走過去，看板凳上擱著一只扁筐，筐裡整齊地擺著包好的餛飩。在嶺南叫做雲吞。模樣很精緻，一行行地碼著，像含苞的芍藥。

小易喚我，叔。

我說，這是你包的？

小易聳一下肩膀，揉一揉，說，嗯，忙了整個後半夜。

我說，看不出，包得真不賴。

小易說，等天亮了，就能開張了。

他手卻沒有停，我看那剪刀細密地剪過去，是一些枯黃的乾草。小易剪成手指長短，便小心地打開罐子，投進去。

我問，你在做什麼。

小易沒有抬頭，又細細地剪，答我，請來的老滷，將來的鍋底湯，就全指望它了。

我還想問什麼。小易說，天還早，叔，你去睡個回籠覺吧。

清早。我睜開眼，看小易清爽爽的一雙眸子，正對著我。這孩子沒怎麼睡，眼睛卻亮得很。他捧著一只碗，說，叔，嘗嘗。

碗裡清的湯，很香。是方才的香氣，藥味卻濾了，香得爽利。裡頭臥著幾只小餛飩。我掂起勺子，舀起一隻，擱在嘴裡頭。還未嚼，那薄薄的餛飩皮，竟在舌頭上化了。輕輕的鹼水味，也是香的。粉紅的餡子有一點子甜，又有一點子澀，可味兒卻說不上的饞人。呼嚕吞下去，在嗓子眼兒裡滾一下，嘴裡頭空蕩蕩的。我呆了一下，趕緊舀起另一個。停不住似的，一碗下了肚。又把湯喝了個乾乾淨淨。

小易問，好吃不？

我抹下嘴，說，小易，你這是跟誰學的。

小易熱切的眼睛裡，光有些暗下去，說，俺娘。

我說，你娘人呢。

他接過碗，口氣卻清淡了，說，死了。

我也噎住了。這孩子倒站起身，只問我，叔，你看咱能開張了不？

我愣一愣，使勁點點頭。

好東西，自然都有個說頭。

小易的雲吞，隨我的餅。也就三四天的功夫，在這鎮子裡，就算傳開了。

來的人，都聽說我的侄子來了，又得了個廚子。來的，吃了一碗，禁不住似的，又吃了一碗，說這灶臺上的味道，纏住了人的腿腳。說沒看出來，侉叔，你們北方佬，倒一家都是好手勢。容婆婆瞇起眼睛，說，侉叔，這孩子生得靚，圍上了圍裙，倒好像個小媳婦兒。

我看小易，臉色給爐火燻得紅紅的，精神得很。

到下半晚的時候，鎮長來了，手裡拎著一張紙。說，我是不請自來。剛從縣裡開會回來，就有人塞給我這個。

我接過來看，上頭寫著幾行字：侉叔一文餅，雲吞任我行。要知此中味，聽朝士多見。

我噗嗤笑了。這字方頭方腦的，該是出自小易的手。我說，前面的韻壓得好，最後一句破了功。

鎮長說，你侄兒倒是怎麼尋了來。村裡都說這孩子能幹，這宣傳做得有水平。話時話，我還沒見過你這新廚子。

我朝裡頭喊，小易。

小易沒出來。我又喊了一嗓子。孩子從裡頭走出來，手裡捧著一只碗，放在鎮長跟前。不言語。

我說，這孩子，不知道喊人。剛才倒好好的，不出趟兒。

鎮長說，孩子怕醜，莫勉強。誰叫我是個官，多少怕人的。

小易這時卻開了腔，說，鎮長也算個官？

鎮長一愣。我也一愣，斥他，回屋去。

鎮長乾笑，舀起一勺餛飩，放到嘴裡，剛想和我說什麼。突然，眼神直了一下，唏哩呼嚕，一碗餛飩下了肚。

他頭上滲出薄薄的汗，輕噓一口氣，說，看不出，這孩子愣頭青，倒整得一手好雲吞啊。

我說，蒙您不嫌棄。

鎮長說，雲吞也該有個名堂，算給你的「一文餅」作個伴。

他盯著手裡的勺子，說，剛才，我就是給這一湯匙的味道給驚著了。就叫「一匙鮮」吧。

我心說好。

小易出來了，將鎮長面前的碗收走了。又抹了抹桌子，眼睛也不抬一下。

村長倒笑了，孩子不怎麼待見我。我卻覺得他面善，在哪見過似的。

我心裡忖一下，嘻笑說，您能不面善嗎？親侄兒長得隨我。你老人家，跟他叔可臉熟著呢。

鎮長走了，我走進屋，看小易正將湯裡的藥包取出來，淋乾淨。他將鍋裡的湯，小心翼翼地倒進罐子裡頭。不聲不響，唯有黏稠的湯汁灌入咕嘟咕嘟的聲音。

灌老滷？

嗯。小易輕輕回答。

燈影裡頭，那只陶罐，這時滲著幽幽的光，原本凹凸的表面似乎被籠了一層青色的釉，看不起來輪廓有些發虛。

我說，這罐子看著汙，換一只吧。

小易沉默了一下，悶聲說，不換。

夜裡頭，我鋪開過年寫春聯剩下的紙，就著燈，飽飽地蘸下墨，寫下「一文餅，一匙鮮」六個大字。

小易走過來，看了半晌，說，叔在寫招牌。

我問，小易，叔寫得好不好？

他又細細地看，說，叔寫得好，歐體。

我心裡一顫，說，就你那手方塊字，倒識得歐體。

小易不說話了，過一會兒，拿抹布將我手邊上的一點墨跡輕輕擦了，說，沒吃過豬肉，還沒見過豬跑麼。

我便說，小易，叔教你寫大字，樂意學麼？

小易說，那敢情好。

我便教他寫。手把著手，小易的手指，細長長的，蔥段似的。泛著清白的光。我教他執筆，懸腕，看他寫下自己的名字。

小易。仍是方頭方腦的方塊字。

可是，我卻看出來，他執筆的手勢，不是初學書法的人。那最後一撇收束的力道，被他克制。這孩子會寫字，是個練家子。

我不動聲色。只看他寫，看他斂聲屏氣，努力地將名字寫成中規中矩的方塊字。

我問，小易，你是哪兒人。

他停住手，手指有不易察覺的抖動。小易說，江湖飄零，叔問這麼個做什麼。

我說，小易生得是南方人的樣子，口音裡頭，卻有侉腔，叔好奇。

小易問，叔是哪裡人。

我說，叔是陝西西安人。

小易說，我離叔不遠，綏德人。

我點點頭，說，米脂的婆姨綏德的漢，小易長大了，也是條好漢。你們那地方的人，都生就一雙骨碌碌的毛眼眼，叔信。

小易抬起頭，望望我，又望望外頭密成一片的漆黑夜色，說，老鄉出門三家親，小易是叔的侄兒不假了。

一文餅，一匙鮮。叔侄二人，在這鎮子上有了名堂。

久了，也就知道，小易不是多話的人，人卻真是勤快。話都在忙忙碌碌的動靜裡頭。鎮上的人，都歡喜他。歡喜他的沒聲響的笑，歡喜他的眼力見兒。

鎮上人的口味，他一清二楚。誰來了，他打眼一瞅，多擱上一勺子花椒辣油，多撒上一把蔥花。誰來了，便囑我將餅煎得硬些，有咬頭些。容婆婆來了，他攙她坐下來。從冰箱裡拿出一盤茴香餡的雲吞，是容婆婆愛吃的。茴香在蒸籠上蒸過，只為婆婆牙口不好。

鎮長來了，小易照顧得也周到，人卻淡淡的。

小易在這，我便沒有洗過衣服。也沒套過被褥，不聲不響，就全都做好了。

幹完了活，晚上在燈影底下，照我交代的，寫大字。寫得漸有了模樣。

我輕輕笑。

他每天都進步一點，不算快，是克制著自己的進步。

我看著整整齊齊的一間屋子。不知怎麼的，忽然有了家的感覺。我什麼也不說。只想起曾經自己也有一個家，婆姨孩子熱炕頭，那是什麼時候的事了。

我笑一笑，點上一支菸。對著小易的背影，揮一下手，將眼前的煙霧，混著回憶趕走了。

這一天打烊，我瞇著眼睛歇，只聽見廚房裡「哐噹」一聲。起身過去，看見鐵鍋斜在灶臺上，小易跌落在地。臉色煞白，豆大的汗珠在臉頰上滾下來。

我一驚，要扶他。他卻擺擺手，不肯起來。我哪裡肯聽他的。一把將他抱起來，只覺得胳膊肘上黏黏的潮。低頭一看，是殷紅的血。小易穿了條藍色的褲子，這血像條青紫的蚯蚓，爬到他的褲管，滴下來。

我一時無措。我抱緊了他，要往外跑，去鎮上的衛生院。

小易一把捉住了門框子，小小的人，虛白著臉，不知哪裡來的這麼大的勁。小易說，叔，我不去。你讓我回屋歇，歇歇就好了。

我把他抱到雜物間，看見那張乾淨的行軍床，愣愣。我伸出手，想把他沾血的褲子脫下來。小易緊緊地揪住自己的褲腰，他哆嗦著嘴唇，說，叔，讓我自己來。

聲音顫抖，尖銳得啞，幾乎像是哀求。

雜物間光線昏暗，我還是看見他發白的臉上，那雙眼睛一點點地暗下去。

我只覺得自己的心，剛才還跳得猛。這時候，也在緩慢地黯下去，涼下去。

我輕輕放下他，走出去，將門帶上了。

小易再走到我面前，仍是乾乾淨淨的一個人。

叔。他喚我。

我沒應。

他說，沒事，老毛病了。過了就好。

我沉默，悶聲說，怕是女娃子的毛病。

我抬起頭，看見小易的眼睛，沒有內容。不怨不怒，不嗔不喜。

但是，我看出眼前的這個人，卻已經將身心鬆弛了下來，那份少年的堅硬和魯莽，褪去了。站在眼前的這個人，是柔軟的。甚至軟弱的。

她說，叔，我不是個壞人。

我跌坐在門前的長條凳上，想要點上一支菸。手抖得，卻燃不起火柴。

小易走過來，將火柴擦亮，點上了。我看她一眼，將菸擲在地上。

我說，你不是壞人，我是。你不怕？

小易坐在門邊上。她說，人壞不壞，只有自己知道。

我苦笑，說，蹲過號子的，還不是壞人？

小易將胳膊屈起來，將臉埋在臂彎裡。我只聽見她的聲音，她說，叔收留我，不是壞人。我欺瞞叔，是不仁不義。

這聲音，是好聽的女娃的聲，輕細地，在我耳朵邊上一蕩。我肩頭一軟，伸出手，想摸摸她的頭。只一瞬，又收了回來。

半晌，我站起身，走到屋裡頭，打開五斗櫥翻找。

我終於將那張紙放在她面前。

我的刑滿釋放證。

我甕著聲音說，信了？你還不走？

小易並沒有看，她只問，叔犯的是什麼事？

我說，貪汙，受賄。

小易抬起頭，看著我的眼睛，說，上頭貪，你不敢不貪；領導收，你不敢不收。

我心裡一驚，眼前風馳電掣，是妻子的臉。她看著我，在離婚協議書上簽了字。冰冷的聲音，甩過來：你這輩子，就毀在一個「窩囊」上。你就是個窩囊廢。

離吧。離了婚，兒子就少了個貪汙犯的父親。兒子過了夏天，就該上高中了吧。也不知道模擬考試的結果怎麼樣。想必不會差，兒子不窩囊，不隨我，隨她媽。兒子奧數比賽全省一等獎，兒子測向比賽全國冠軍。省重點中學加分，沒有上不成的道理。

我是個窩囊廢，我一個侉佬，這麼遠來到這個沒人知道的嶺南小鎮。我不會再影響任何人的生活。我窩囊，就讓我一個人窩囊下去吧。

叔。小易說。

我頹然睜開了眼睛，看著這個陌生的年輕女人。就在剛才，她看穿了我。

叔。她將那張釋放證摺疊好，放在我手裡頭。她說，都是過去的事了。這世上，先誰都有個不情願，後誰都有個不甘心。

我說，我對自己的事，是甘心情願。你走吧。

她站起來，眼神灼灼的。她說，叔，趕我走，是因為我不仁義？

我搖搖頭。

小易說，那我不甘心，也不情願。我要留下來。

我看著她，只覺得一陣恍惚。

我說，隨你吧。

我和小易，仍然生活在同一屋簷下。她扮我的侄兒，我扮她的叔。我們形成了某種默契，誰也不去觸碰誰的心事與來歷。熱鬧了一天過後，打烊。沙沙洗鍋子的聲音，咕嘟咕嘟灌老滷的聲音。在黃昏裡頭，夕陽的光鋪展進來，將這年輕女人的輪廓投射在牆上。讓人有錯覺，這生活是靜好的。

我知道是錯覺，慣性而已。

收拾完了，她依然坐在燈底下，臨我的那本《九成宮碑》。一筆一畫，那字寫得很成樣子了。或者，或者原本就寫得這樣好。

我闔上眼睛，什麼都不想，什麼都不看。

再睜開，小易已經轉過身來，憂愁地看著我，也不知看了多久。小易說，叔，我在報紙上看了個字謎，給叔猜。

我說，叔腦子笨，打小就不會猜字謎。

小易說，這個好猜。叫「AOP」。

我說，AOP，聽起來像是美國佬的情報組織，CIA，FBI。

小易說，是個成語。

我想想，說，猜不出。

小易就執了毛筆，在紙上先寫了個A，底下寫了個O，再寫了個P。

我一看，是個「命」字。

我說，這謎倒新鮮，中西合璧。命中注定？

小易搖搖頭，輕輕地說，相依為命。

我臉上的笑凝住了，不知被什麼擊打了一下，眼底泛出一陣酸。我側過臉，不讓小易看見。我瞧著夜色裡頭，我寫的招牌，在微風中慢慢地轉過來，又轉過去。

相依為命。

一文餅，一匙鮮。

小易說，叔，人一輩子就一條命。自己也是一條，偎著別人也是一條。

我不說話。

小易說，叔，你問我為啥喜歡任盈盈。因為她不信自己的命。

我不說話。

小易說，叔，你說，人為啥活著。

我說，為了有個奔頭[4]。

小易問，叔有奔頭麼？

我說，叔沒有奔頭了。

小易問，那叔為啥活著？

我翻開手掌，搓一搓，看自己的掌紋，曲曲折折地分著岔。我說，就為了活著。

小易說，叔，我給你唱首歌吧。

我說，你們年輕人的歌，叔聽不懂。

小易說，這一首，叔保證聽得懂。

她就將身體端正一些，開始唱。

我聽懂了，的確懂。她唱出來的是：洪湖水呀，浪呀嘛浪打浪，洪湖岸邊是呀嘛是家鄉。

4 前途、希望。

這歌從年輕的口中流瀉出來，竟未有一些突兀。開始唱這歌時，她的臉上有一種端穆的表情，眸子裡莫名的堅定。聲音也是堅硬的，字正腔圓，由齒間傾出。但漸漸的，她鬆馳下來。歌聲也柔軟了，目光也有些虛了。這歌並不是唱給我聽的，是唱給一個很遙遠的人聽。或許，是一個遙遠的人在唱，不過借了這年輕的聲音，宣之於口。我闔上眼，體會到其中的陌生。再次睜開，我看著她，一絲略微的不適，稍縱即逝。那眼神已經散了，不是她，不是小易。是那種經歷了世故的女人才有的，眼神的一點風塵。

我站起來，有些粗暴地說，行了。

「人人都說天堂美。」是這一句，這久遠的歌，我還記得，電視上郭蘭英抬起了粗短的胳膊，臉上掛著和她的年紀有些脫節的嬌俏表情。那是什麼時候的事了。青年時對女人的遐想，如此地輕易。

小易在「堂」上戛然停住。她站起來，又恢復了有些拘謹的樣子。讓我稍稍鬆了口氣。

隔了一會，小易問我，叔，我唱得不好？

我猶豫了一下，說，好，唱得好。

小易沒有再當著我面唱歌。然而，這是一個開始。有時她在廚房裡，在雜物間，我都能聽到輕輕的哼唱的聲音。沒有詞，那些旋律太耳熟能詳。都是極老的歌曲，往往是鏗鏘的，是那個時代的鏗鏘。但是，被她哼唱得慵懶而圓融，甚至，有一點淡淡的放縱。

我讓自己走遠，同時感受到了，身體內的膨脹。久違的膨脹。在未及消退時，我被自己暗暗詛咒。

但是，下一次，我又會聽，似乎生怕錯過。我開始慣常於循聲而至，並且原諒了自己。

在人前，小易似乎不如以前活潑了。也不及以往體貼。她克制得很好，將一個少年的心不在焉，表演得恰到好處。人們打趣說，小易，才多大，被鎮上的哪朵花勾了魂。小易敷衍地對他們笑，包雲吞的手快了些。

然而，有一天的黃昏，鎮長坐了下來。我正想讓小易招呼。看小易站在角落裡，微微皺起眉頭，目光忽然凝聚，在鎮長臉上逗留了一下。她手裡，將脫下的圍裙，攥成了一團。鎮長抬起頭，想和我寒暄。我剛要應聲，他卻和小易的目光撞上。只一剎那。

小易退縮了一下，回了廚房。

我嘻笑地說，嗨，這孩子，還是怕官。

鎮長嘴角冷了一下，也笑，說，我看不是怕官，是怕我。

晚上，小易就著燈，擦她那只罐子。她哼著一首旋律，是〈東方紅〉。罐子依然那麼舊，發著汙，在燈底下，籠著微微的青光，像上了一層釉。小易將它擱在那個淺淺的油漆印子裡，瞇著眼睛看。

照例，這時候她應該臨我的那本《九成宮碑》。

我在桌上翻開，報紙上，工工整整的「楷書極則」。寫得比我好。

我呆呆地望著那字。

叔，我滿師了。她沒有抬頭。

小易。我說。

嗯？小易將那罐子鄭重地挪動了一下，擦另一面。

我說，沒事。

過了一會。小易坐到我的身邊來，說，叔，我臨得最好的，是趙孟頫。

我說，誰教的。

小易說，我爹。

我說，你爹？

小易說，嗯，我爹。我爹寫《膽巴碑》，沒有人比得過。爹會說俄語，唱〈莫斯科郊外的晚上〉。

我說，你爹念舊。

小易說，第一批留蘇的工科生，誰不會唱？

我猛然地回過頭。燈光黯淡了一下，窗外一隻夜鳥飛過。在小易面頰上投下濃重的影。她的臉色青白，有淡淡憧憬。

春睏秋乏，黃昏的太陽底下。我慢慢收拾廚房的家什。撿到一張紙，漬著浮淺的油膩，還辨得出，上面是方頭方腦的「侉叔一文餅」。

這時候，鎮長走過來，說，侉佬，不開張？

我說，你來了，我就開張。

我抬頭，看他左右端詳，問，小易呢。

我說，去買菜。

鎮長靠近說，壓低了聲音問，你這侄仔，有身分證嗎？

我心頭微微一動，佯作不快，說，親侄子，你是信不過我？

鎮長愣一愣，看著我說，不是，我是想，海華他兒不是在城裡做生意嗎，建材生意，做大了，人手不夠。我看小易識文斷字，不如去幫幫他。男孩子，窩在家裡有什麼出息。

這話說完，他乾咳一下，說，他不比你，你已經老了。

晚上，我就對小易說了。小易似乎並不吃驚，只是說，叔，我該要走了。

我說，你要去哪裡？

小易搖搖頭，笑一笑說，你沒問過我從哪裡來。

我說，你如果從我這裡走，我就要問了。

小易說，叔，我臨走前，想擺一桌宴。

我點點頭，問，請誰。

小易說，我擬個單子。

她就便抽出一張紙，埋下頭寫。我看到她頸子裡，有細細的絨毛，在髮尾打著旋。我的心裡動一動。只是動一動。

我看見那單子上，又是方頭方腦的字了。
淨是鎮上一些叔伯的名字，有些我打的照面少，不熟。
我說，海華伯你也請了，真去幫他兒子？
小易笑，我不認識他兒，我認識他。
我說，你是認識他，他哪天不來吃上兩碗雲吞。加上三勺辣子。
我又看見一個名字，說，阿翔腿腳不好，就來過一回，你也請？
小易說，就來過一回，我才記掛。
我看到鎮長的名字，說，你又不怕官了。
小易說，我怠慢了他，請他，給他賠不是。
我點頭，說，也好。好聚好散。
小易就著燈，將單子又看了看，遞給我。說，叔，你去請。
我說，你擺宴，我請？
小易默然，然後說，叔請，他們肯來。
第二天，我就去請。都願意來。

有的稍有些意外，也願意來。

小易將廚房裡的碗盞，燉鍋都拿出來。發蹄筋，滷豬手，吊高湯。

我遠遠坐著，並插不上手。我點起一支菸，我說，小易，以為你只會做白案，你對叔留了一手。

小易舀起一勺湯，湊到我嘴邊，說，叔，幫著嘗嘗，鮮不鮮？

我說，鮮掉眉毛。

小易說，我娘燉的湯，頭髮也要鮮掉。

夜深了，小易還在忙。我問小易說，這幾個老的，值當這麼大的陣仗？

小易將一條梅菜摘開，輕輕說，讓他們吃飽。

我說，小易，真的要走了。

小易說，走了。

她又笑一笑，問，叔跟不跟小易走？

這笑和我以往的笑不同，有些嫵媚，眼角挑一下，挑在我心尖上。我說，小易啊。叔老了，走不動了。

小易抿一抿嘴，這才說，叔不老。是世道太新了。

又過了一會兒。

我說，小易，給叔唱個歌吧。

小易想一想，清清嗓子，唱起來，當旋律響過一段，我才意識到，這是我所不懂的語言，輕顫的小舌音。聲音竟是有些厚實的。是那首曾經家喻戶曉的歌曲。

田野小河邊紅莓花兒開，
有一位少年真使我喜愛。
可是我不能對他表白，
滿懷的心腹話兒沒法講出來，
滿懷的心腹話兒沒法講出來。

這時候的小易，像個外國姑娘了。臉上放著光，眼睛裡有藍色的火苗。她的有些堅硬的五官，剪影被微弱的光投射到了牆上，也柔和了。小易是個好看的孩子。

我張了張口，也跟她唱。唱的中文。我不會唱歌。我的聲音有些沙，有些啞，有些跟不在調上。小易唱著，就慢下來，在下一句上等著我。等著等著，兩個人的調都合到了一處，唱到了一起。

這一夜，我睡不著。我躺在床上，聽小易還在外面忙，悉悉索索的，放輕了手腳。鍋與碗的邊緣輕輕碰在一處的聲音，噹的一聲響。熟悉的草藥味。小易照例熬她的老滷，熬好了封罐。今天的格外濃，格外香。

待一切都靜下來了，我嘆了一口氣，疲憊地閉上了眼睛。

迷迷糊糊，有輕碎的腳步聲。我看到一道灰白色的路。有一匹馬低下頭，踟躕而行。牠回過頭，看著我，眼睛大而空。我也望著牠，牠的眼裡，慢慢地流出了血。

我驚醒來了，我看見床前站著一個人，是小易。

這天是十五，外面一輪圓滿的月亮。月亮是瓷白的，分外大和圓，散發著毛茸茸的光芒。這光芒籠著小易。小易也是毛茸茸的了。

小易身上穿著一件闊大的麻布衫子，是我的。因為她身形的小，這衫子便顯更為大，遮到了她的膝蓋。

她憂心忡忡地看著我，眼睛大而空。我坐起來，也看著她。我說，小易。

她遮住了我的口。解開了衫子。裡面是一具瓷白的身體，沒有遮掩。少女的身體，和起伏。小小的圓潤的臍，平坦的腹部。兩只小小的乳，熟睡的鴿子一樣。

我低下頭。她的腳也光著，交疊在一起。她將我的手執起來，放在胸前。我抖動了一下，但卻不敢動作。我觸到了那一點溫熱，我不敢動作。怕驚醒了鴿子。

然而，此時，我卻覺得自己的身子，一點點地涼下去。有一股血，在奔突了一下之後，沒有緣由地冷卻了。

我痛苦地抖動了一下，推開了小易。

小易將衫子掩上。後退幾步，她跪下來說，叔，我欠你。

房間的光線黯淡了下去。一片霾游過來，慢慢地將月亮遮住了。

隔天的晚上，都來了。

看滿桌的大碗大盞，都吃驚。

我抱來一罈自釀的米酒，說，小易，你敬大家一杯。

小易端起酒杯，說，各位叔伯，多謝照應了。

一飲而盡，抹抹嘴，亮一亮酒杯底。

氣氛就鬆了些。海華說，小易出去發了財，莫忘了我們這些老東西。

小易說，頭一個忘不了您。

說這話時，並沒有笑，是鄭重的。在場的人都愣一愣。

我打著哈哈說，為這一桌，孩子忙了一夜。你們吃好喝好，莫負了他。

觥籌交錯。老傢伙們喝多了，都有些忘形。阿翔說，咱們光屁股交的朋友，好久沒坐在一桌了。

是啊，倒還在這屋裡。海華環顧了一下，眨了眨眼睛，壓低了聲音說，說實在的，你們怕不怕？

眾人默然，只端起杯子喝酒。

過了一會兒，阿友說，怕什麼。半截身子入土的人了，活到現在，連本帶利，夠了。

鎮長咳嗽了一下，說，行了，侉佬在這呢。

阿友說，侉佬怎麼了，又不是外人。

他把頭轉向我，滿口酒氣，侉佬，你在這一個人住。有沒有狗屎運，女鬼找你採陽補陰？

都給我閉嘴。鎮長黑著臉，將酒杯狠狠頓在桌案上。

叔。我聽見小易喚我。

我起身，到後廚，我看見小易將那只陶罐倒過來。小易說，叔，搭把手。

我幫她，她左磕右磕，裡頭的老滷，完完整整地掉出來。結瓷實[5]的老滷，是個完整的罐子形狀。

小易執起一柄刀，在老滷上劃一刀。老滷分成兩半，顫巍巍地抖動。

我說，你這是幹什麼？

小易說，我給叔伯們加個菜。

5 扎實、牢固。

我一驚，說，你這麼金貴它，現在就當個肉凍上了菜？

小易沒言語，又劃上一刀，說，我人都要走了。還留它做什麼？

叔伯們看了，都說新鮮，問是什麼奇珍異饌。

我悶聲說，你們有口福，是小易熬的老滷，益了你們這幫老傢伙。一人一塊。

海華說，小易，侉叔倒沒有。

小易一笑說，侉叔和我是廚子。廚子吃老滷，就是壞根基砸了飯碗。不吃是規矩。

我走到一旁點起一根菸，心想，這規矩沒聽過。我也吃不下。小易夜夜熬，熬出這一罐，吃了心疼。

這老滷的香氣還是傳了過來，有些與平日不一樣。我嗅了嗅鼻子，確實饞人。老傢伙們吃了一口，眼一亮，都說好吃。說沒吃過這麼好吃的東西，天地之精華，趕上吃阿膠，吃龍肉。

鎮長抿了一口酒，慢慢品，說，慢點，噎死你們這幫老東西。

小易不見了。

我的酒上頭，先醉過去，記得有人把我攙扶到窗戶根兒打盹兒。哭號的聲音響起來，一盆涼水激醒了我。

我的小屋，被人從外圍到裡。

八個老傢伙，死了六個。鎮長和海華送去了市裡的醫院搶救。五個回到家裡死在床上，算善終。一個死在鎮上的洗頭房。死得難看。正快活著，忽然歪鼻斜口，臉色鐵青，在地上抽抽。

公安在廚房裡找到那只罐子。其實不用找，端端正正地擺在桌子上的圓印子裡。

法醫在死者的血液裡發現了烏頭鹼。罐子裡的老滷殘餘，也有。我後來知道，這毒性烈，只要二到四毫克，就夠死於呼吸麻痺心臟衰竭。

公安在灶臺底下發現一包中藥渣。裡頭有關白附、天雄、毛茛、雪上一枝蒿。這最後一味，是毒上加毒。不求你速死，待你體溫漸漸升高，再要你的命。

我是犯罪嫌疑人。我有前科，卻無犯罪動機。

有人說，這屋裡住的是叔侄兩個。他們問我小易姓什麼，我說，侄跟叔的姓。

他們通緝小易。小易不見了。

我說，我要見鎮長。

他們銬著我，見鎮長。

鎮長的命搶救回來，人的精神卻洩了。灰白著一張臉，看著我說，侉佬，你何苦來。

我說，鎮長，你有事瞞我。

公安手裡抱著那只罐子。鎮長瞇著眼看著，忽而慢慢地瞳孔放大。他說，我知道是她，我就知道。

鎮長昏死了過去。再醒轉來，卻癲了。不認人，只是顛三倒四地說，她是來索命的。

化驗報告出來。檢驗，這罐子裡的老滷裡頭，還發現了另一種物質，是人的骨灰。

活下來的，還有阿友伯。阿友是個半語兒，說不清楚話，他少了塊舌頭，許多年了。

但是，他認識這只罐子。他艱難地說了兩個字，報應。

他說，這罐子裡頭，裝著個女人。

看守所來了一個人，是容婆。

容婆說，你們放傍佬走。

公安說，他是犯罪嫌疑人。

容婆說，犯下罪的，都死了。

容婆要見我。她拿出一張照片。給公安看。公安點點頭，拿給我看。

照片泛了黃。上頭是個陌生的女人，大眼睛，長眉毛，粗辮子。

這女人以前住在你屋裡。她瞇起眼睛，悠悠地說，以往，我們這裡還是個村子，叫下沙。那年上山下鄉，來了好幾個知青學生。就屬這個學生最好看，叫丁雪燕。老遠的來，是陝西綏德人。

我心裡猛然一動，說，綏德人？

容婆說，他們都住在你屋裡。剛來的時候，學生們不知苦。到了晚上，還有人唱歌。丁雪燕會唱俄語歌，好聽得很。

雪燕的聲音像黃鶯。我一個鄉下丫頭，生得不靚。可是她對我好，教我唱歌，教我打毛線。她說，這歌是跟她爹學的，毛線是跟她娘學的。

他爹是留蘇的大學生？我聽到自己的聲音輕輕發顫。

容婆看著我，眼睛裡泛起一絲光，說，你怎麼知道？

她說，我們鄉下苦，久了，學生們都想回城裡去。上面下來名額，有招工的，有上大學的。說是給表現最好的知青。

什麼叫個好。我只是看丁雪燕細皮嫩肉的一雙手，手心磨成了粗樹皮。插秧，揚場，拾糞。學毛語錄，寫標語。樣樣都比別人好，比別人用心。

可是，同來的知青，都走了。只留下她一個。我才聽說，她老豆[6]在蹲牛棚，正累著她。

我問雪燕，想不想走。她說，想。我說，那咱們就想辦法。

雪燕搖搖頭，說，我爸是右派，反動學術權威，沒有辦法想。

有一天，她對我說，有個人正給她想辦法。我問是誰，她說，是村長的兒。那人剛娶下了親。嗯，就是現在的鎮長。

她將辦法跟我說了。我臉使勁紅一下，說，雪燕，這不是個辦法。

雪燕冷冷看我一眼，說，我想回城，沒有其他法子想。

村長的兒一邊替她想辦法，一邊往她屋裡跑。跑著跑著不走了。有人看見夜裡窗戶上，頭碰頭的兩個影子。燈就黑了。

後來，雪燕懷了身子，辦法還沒有想出來。村長的兒，不上門了。雪燕和我說，不走了，留下這孩子。我說，你瘋了。我們上他的門，逼他想辦法。這孩子生下來，也要在城裡。

我說，我陪你，跪在村長家門口。

她說，我不想害了他。

她由那孩子在肚裡頭長大，自己拆了棉襖，扯了點布。做尿褯子，小衣裳。我陪著她，只見她沒人的時候，一個人笑。

---

6 爸爸。

一天夜裡，她的門被人踢開了。進來一群男人，個個年輕力壯。撬開她的嘴，給她灌中藥。藏紅花，要打下她的胎。

她不從，他們就打。打著打著，藥也灌下去了。她沒力氣動彈，由著他們撕扯衣裳，踢她肚子。她下身終於有血流出來，一股子腥味。有人將她褲子拽下來，露出細皮嫩肉。一群渾小子，都是躁性子。看著她光溜溜的身子，眼也直了。

不知道是誰先上前，汙了她。然後是第二個，第三個。到最後一個，她有那一星力氣，咬一口。咬下那人的半塊舌頭。

我發現她的時候，她滿身的血，死了。腿叉子淌著髒東西，裡頭是個沒成形的胎兒。眼睛睜著，嘴裡頭半塊人舌頭。

暗影子裡，蹲著一個男人，是村長兒子。他眼睛空著，說，我沒讓他們，要了她的命。

村裡沒聲張，將她送去燒了。對外說她作風腐化，勾引無產階級工農，亂搞男女關係，是畏罪自殺。

我和村長兒兩個人，在村口的亂坡上，將她葬了。就一個陶罐子。

容婆看著我，說，小易來那天，下了雨。我看見她一個人抱著一只罐子，走過來。顏色褪了，汙了。可我認得出，我知道，是她回來了。

我聽到這裡，眼睛抖一下。手心裡的汗，一點點地冷了。

一個月後，公安聯繫到了死者丁雪燕的親屬。她唯一的親屬，是她爹。九十歲了，是西北工大的退休的老校長。當年沒了妻女，平反回來，至今孤身一人。

他將那個陶罐抱在懷裡。沒言語，只是緊緊地抱著。

這天晚上，鎮長從醫院的樓上跳下來，也死了。

五個月後，公安找到了小易。帶我去辨認。

是小易。見我沒有聲響，安安靜靜的。頭髮長了，披在肩上，又不是小易。

一個中年女人，形容憔悴，是小易的娘。說這孩子，一年前突然不認人，滿口西北腔的普通話，說要回家。說自己還有一個爹。留過蘇聯，發明過農用飛機的推動器。會說俄語，會唱〈莫斯科郊外的晚上〉。

他爹哪會說什麼俄語。我們兩公婆，連初中都沒讀完。

小易不說話。女人說，過年前的時候，這孩子忽然說，想寫一副春聯。我拿了紙給她，她就寫了這個。

我舉起那春聯看，「舍南舍北皆春水，他席他鄉送客懷」，是清秀的趙體。

女人將一本簿子給我看，說，孩子以前是寫不出這種「大人字」來的。我看簿子上的字，方頭方腦，也很熟悉。

大年初一，沒看住，孩子就不見了。女人說，再回來，不鬧了，也不說陝西話了。只是安安靜靜的，不知在想什麼。

我說，小易喜歡讀什麼書。

中專畢業後，沒見她讀什麼書。女人想想說，只看金庸的武俠。說裡頭有個女子，叫任盈盈。女孩子，看什麼打打殺殺。心也看野了，人也看痴了。

女人幽幽地哽咽。公安和我，說了一些安慰的話。天擦黑，終於要起身告辭。

女人點亮了燈。說要送我們出去。

這時候，小易將頭抬起來。她看著我，眼睛大而空，開口說了一句話。

並沒有聲音，但我看懂了她的口型。

她說的是，一文餅，一匙鮮。

不見

在他凶狠的撞擊中，她看著左右搖晃的燈泡，似乎漸被催眠。
光暈中出現了一個黑洞，無限止地擴張，漸漸接近她。

她再遇到他，是一個黃昏。

她下了七十二路公交車，走向街心廣場。廣場上響著喜洋洋的音樂。一群半老的女人，穿著豔麗的練功服，喜氣洋洋地扭動，扭得豪氣干雲。杜雨潔頭腦裡突然出現了一個詞，「中國大媽」。據說這個詞，就要被收入「牛津英語詞典」了。和去年四月的舊聞相關，「高盛退出做空黃金，中國大媽完勝華爾街大鱷。」雖然情勢急轉直下，但是大媽們仍是士氣高昂的模樣，「輸錢不輸陣」，令全球瞠目。

在「最炫民族風」豪邁的節奏中，杜雨潔看見了自己的母親。母親的步伐顯然還有些跟不上趟。又擔心周遭的人發現自己的笨拙，神情未免有些恓惶。她的衣服是新的，也鮮亮一些。腰上的飄帶過於長了，襯得她的身形更為瘦弱。當她揚起臉的瞬間，杜雨潔將頭低了下去。她不想讓母親看見自己。她並沒有停下步伐，卻不小小心撞到了一個人。撞得猛了，一副眼鏡掉在了地上。她嘴裡忙不迭地說「對不起」，蹲下去撿那眼鏡，抬起眼睛卻看到一個人。男人用身體支住未停好的自行車，從她手裡接過眼鏡，摸索著戴上。

杜雨潔卻愣住了，說，聶老師。男人看了看她，也有些意外，杜，杜小姐。真巧。杜雨潔想一想說，真巧。您怎麼在這兒。

男人用中指將眼鏡在鼻樑上頂了頂，說，我，我找找靈感。

在這兒找靈感？杜雨潔脫口而出。

說出來，兩個人都有些尷尬。男人終於使勁握了握自行車的把手，說，我先走了。

他垂下了臉。杜雨潔看到他微禿的頭上，一塊淺紅色的頭皮，有一些細幼的頭髮覆蓋著。男人的肩膀挺了一下，讓自己的姿勢不那麼僵硬，慢慢地走遠了。杜雨潔想，他應該是意識到自己在看他了。

杜雨潔回了家。母親已經回來了，手裡拎著一籃菜。自從退休後，她堅決地將小阿姨辭掉了。理由是，以後要由她來掌管家裡的起居用度，說不想就此成為一個無用的人。

跟外面又磨蹭了好一會兒，還是撞上了母親在廚房裡勞作的情景。在母親的強迫下，她只能選擇袖手旁觀。這在杜雨潔看來，簡直是種罪惡。但是，母親說，君子遠庖廚。有工作的人，無分男女，都是君子。她要將自己迅速嵌合進一個家庭主婦的角色。

幾十年大學的教學生涯，讓母親覺出了人生塵埃落定的意味。她略帶興奮地投入了另一種開始。杜雨潔看著她戴著老花鏡，將一顆香菇放到鼻子邊上，聞一聞。然後有些笨拙地掰開了剛剛洗好的西芹，放在了案板上。杜雨潔幾乎起了身，她想母親還未準備好，如何處理這麼龐大的蔬菜。但是，她終於忍住了。她知道，或許母親更需要的，是鼓勵。

這時候，她不由自主地望了一眼父親的遺像。父親燒得一手好菜，寵壞了母親，卻教會了她。她知道，父親是欣賞她身上某種來自於遺傳的粗礪勁兒。母親的存在，只與詩詞與歌劇相關。父親對母親的影響，也是如此的形而上。她第一次陪著母親去買菜，在退休後那個秋天的午後。母親在一個攤檔上，精心地挑選了西紅柿、西蘭花和茄子。然後很客氣地對檔主說，麻煩你將這些菜的價錢∑一下。這個中年男人茫然地望著她。他抬抬手，望著這個頭髮梳得一絲不苟的微笑的大媽，猶豫地說，那你，買是不買？母親鎮定地說，買，我挑了這麼久，請你∑一下。她在旁邊，終於搶過話頭，這些菜，一總多少錢？說完這些，她迅速地付了錢，拉著母親離開了。這一路上，母親沒有再說話。她看到母親微紅著臉，眼睛裡是難以形容的黯然。她想起，∑是做數學教授的父親最喜歡用的一個詞。「聽說香港一個奧運冠軍，說培養一個小孩長大，用掉的錢∑有四百萬」；「擴招得也太離譜了，今年的名額∑起來，是去年的兩倍都不止。」這個詞被父親用得自如而入世，怎麼換到了母親身上，就笨拙了。

母親終於做好了兩個菜，一個湯。給杜雨潔盛了一碗飯。還好，米沒有夾生。母親在菜裡翻了一下，搛起一塊香菇，放在女兒的碗裡。杜雨潔笑了笑，嚼一口，就聽到嘴裡發出碎裂的聲音。是個小石子硌了牙。香菇裡的泥沙沒淘洗乾淨。她本能地想吐出來，可看到母親那期待的眼神，便一狠心，嚥了下去。她對母親報以一個微笑，說，真好吃。母親臉上便露出鬆心的笑容，說，你還別說，我把這菜譜研究了老半天，就是琢磨不透這「少許」究竟是多少，下個胡椒粉心裡都抖活[1]。杜雨潔說，媽，這就是個經驗。您說您教課教了這麼久，「一片孤城萬仞山」，「白髮三千丈」，不都是個虛指嗎，差不離就行了。

母親說，真是除了教課，我啥都不會。今天去跳那廣場舞，就數我笨了。混在一群老太太中間，怎麼都跟不上，我也真不喜歡那曲子，吵得腦仁

1 害怕、心裡不踏實。

都疼。杜雨潔將一塊炒老的咕嚕肉，使勁地咬下一塊。說，上回給您報個書法班，您不是嫌那老師寫得還沒您好不是？您腰椎不好，多活動活動有好處。誰也不認識誰，就搭個伴兒鍛鍊身體。母親就放下碗，低了頭。半晌，聲音突然有些哽咽，說，我就想和你父親搭個伴，他不是一走了之，不要我了嗎？

杜雨潔一邊安慰母親，一邊知道自己又說錯了話。想不說錯也難，千兜萬轉，母親總是能兜到這一塊來。說到廣場舞，一忽悠地，她竟又想起傍晚撞見的那個人，不免有些分神。母親這說了老半天，竟全都沒聽進去。直到問她，怎麼了。她才笑一笑，寬慰老人家，說自己好得很。

杜雨潔和聶傳慶認識，實在是個偶然。那天她拜訪一個熟人，去了臨近的小區。出來的時候，遠遠地，看見幾個保安在推搡一個人。她本不是個多事的，但那天不知怎麼回事，竟然就走過去。和保安發生爭執的，是個中年的男人。樣貌原是本分的，但因為臉色此時通紅，有些扭曲。穿著件洗得發白的灰色襯衫，在拉扯間，領口的扣子已經崩掉了。一個保安揪著他的領子，他用力要掙脫，肩膀便暴露出來，白慘慘的。他看見了杜雨潔，似乎突然覺得難堪，停止了動作，只是不間斷地問，你們到底要幹什麼。

好像動作激烈的啞劇。杜雨潔拿掉耳機，問保安，怎麼回事。因為是這個小區的老住戶，保安們都認識她，也就很客氣地說，杜小姐，這個人，在我們小區貼小單張，貼得滿牆都是。上次就被人投訴，抓到一次，說了又不聽，又來貼。我們不抓他，住戶們就又要罵我們，說我們收了管理費不幹事。我們冤不冤。

杜雨潔撿起地上的一張單張。印刷質量不太好，字卻還看得清。寫著：「聶老師，鋼琴演奏級，七—十四歲，上門教學，風雨無阻。」在單張的下方，是個很誇張的爆炸樣的圖框，裡面是墨黑的美術字：「為您打造未來之星，超越朗朗，傲視雲迪。」然後是一串手機號碼。

杜雨潔撥了這個號碼。有聲音從男人的腰間傳來，是德布西的〈月光曲〉。循著聲音，杜雨潔看見男人的西褲上，有一塊油漬。她掛了線，對保安隊長說，我認識這個人，讓他走吧。

隊長迷惑地看她一眼，說，杜小姐，他可不是第一次了，下次又來，跟個狗皮膏藥似的。杜雨潔打斷他，說，我認識他。誰也有個沒辦法的時候，我勸勸他。如果再犯，你們就找我。

保安走了。男人弓下腰，將地上的單張撿起來。一陣小風吹過來，有一張被吹到綠化帶的冬青樹上。杜雨潔從樹枝上取下來，遞給他。男人沒有抬頭，接過來，塞到口袋裡。

他走了兩步，扶起一輛漆色斑駁的自行車，將車龍頭正了正。

「聶老師。」杜雨潔喚他。大概是本能的反應，男人「嗯」了一下，轉過頭。她看見他青白的臉上恍惚了一下。然後，他說，你真的認識我？聲音是很厚實的男中音。

杜雨潔揚了一下手裡的單張，你不謝謝我？

男人明白過來，嘆了一口氣，說，斯文掃地，斯文掃地。

杜雨潔這才注意到他的自行車是女式的。在靠近龍頭的位置上，綴著一個Hello Kitty，絨毛玩具，也已經很骯髒了。杜雨潔說，你為什麼老到這個小區來。

他想一想回答她，他們說，在這個小區住的人，平均素質比較高。

他們？他們是誰。

他沒有再說話，對她點點頭，慢慢地推著車子，走了。身形有些佝僂。

在臨近大門口的時候，才上了車，蹬了幾蹬遠遠地不見了。

晚上的時候，杜雨潔聽到手機響了一下，看到一條短信。「萍水相逢，謝謝你。」

她笑一笑。母親問她，笑什麼，誰的？

她搖搖頭，將手邊的美劇看完。然後將電話撥回去。對方的聲音有些緊張。她說，我有個朋友，在給孩子找鋼琴老師。小學三年級，有二級的基礎了。你給她打個電話吧，號碼我發到你手機上去。

對面沉默了很久。在她準備掛斷時，聲音傳過來，你為什麼幫我？

杜雨潔說，喜歡音樂的，不會是太壞的人。

這話是父親說的。想到這裡，杜雨潔起身，幫母親收拾了碗筷。待收拾好了，陪母親坐下。母親正襟危坐在酸枝椅子上。她不喜歡坐沙發，因為腰椎間盤突出，要坐硬的。

杜雨潔說，我去給你泡杯龍井。新出的雨前茶，陳叔叔送來的。

母親沒吱聲，只喃喃地說，又有人丟了，這是什麼世道，老是有人丟了。

她回過頭，看電視上有張照片一閃，是張年輕的面龐。很快便切換了畫面。某個城郊的豆腐渣工程曝光，工程負責人一臉的惡形惡狀。

杜雨潔接受圖書館的這份工作，算是兩代人意願的折衷。那年高考落敗，她就沒打算再復讀。畢竟她從來沒將心思放在讀書上。依她年輕時的性格，很想與更多的人打交道。自己去應聘了一家涉外酒店的前檯，錄取了，父母卻終究不讓她去。

最終還是父親託了個老熟人，讓她做了市立圖書館的管理員。畢竟是兩個教授的女兒，不能「腹有詩書氣自華」，天天能有油墨味道薰一薰也是好的。剛去的時候，真是覺得悶。那個時候，館藏還沒有計算機聯網。一天裡，倒有半天整理圖書卡片。要不，就一頭埋在「過刊部」的故紙堆裡去。有一日，眼看著一隻書魚從本民國的舊雜誌《紫羅蘭》裡鑽了出來。她一個機靈，一抬手將牠拍死在雜誌上。青綠色的汙跡印在發黃的紙頁上。她心裡泛起一陣噁心，左右望一望，用張紙巾擦掉了。

「戶樞不蠹」的道理她是懂的。她似乎從這本雜誌看到了自己前程的慘淡。心一橫，決定改變，就主動要求調到櫃檯「借還處」。長期以來，借還處都是給職員輪班，或者磨煉新人的部門。放棄了份輕鬆的工作，到了這麼個偷不得懶的地方。在旁人看來，有些不智，但杜雨潔樂在其中。看來來往往的，都是素不相識的人。真真假假地聊上幾句，也可以打發大半的時光。漸漸的，也有了常客。一個穿著校服的高中男生，總是借各種推理小說，從橫溝正史，到鐵伊，勞倫斯・卜洛克。他並不怎麼說話，只是將書輕輕放在櫃檯上。辦好了手續，會說一句謝謝。自己的臉先紅起來，臉頰上的青春痘也成了赤紅的顏色。還有一個女孩子，則很健談。人少的時候，她就會說上許久。她是附近一家餐廳的紅案配菜員。話題總是離不開廚師之間的齟齬，餐飲界互挖牆腳導致的異動。這些事情，在她的口中並不像是杯水風波，總是有些人生蒼涼的意味。「到頭來還不是……」這是她的口頭禪。她愛借的書，是瓊瑤和張小嫻的小說。後來竟是全套的張愛玲。有一次，還來的一本《十八春》封面上有了油斑。另一個管理員小張就要她賠償。小姑娘這才沒有了往日的神氣。杜雨潔就將同事敷衍了過去，這事就算了。女孩因此與她有了更好的交情。還有一個，是個退休的工程師，一口的煙臺腔。他借的書也奇怪，多是些小縣城的《地方誌》或者是偏門極了的明清筆記。像是《白下瑣言》、《客座贅語》什麼的。經常為了給他找書，要費去許多周章。書還回來的時候，往往會包著玻璃紙的書封。問起來，他便說，書是好書，別可惜了。說完這句，他看杜雨潔一眼，說，閨女，你是個好人。

這天老人走了。旁邊的同事小張就說，老頭的眼神，不大規矩。杜雨潔就說，你這孩子，他年紀都夠做你爺爺了。

小張是個九〇後，本科讀的是資訊管理專業。大學擴招了幾輪，畢業以後工作越發不好找。家裡就想辦法給她安插到了這裡。不要動什麼腦子，也好一邊準備考研。這姑娘是有些生冷的性格，這來了一年，才和杜雨潔算熟識了些。雖然整天埋著頭，卻也並沒有看什麼考試的數據。只是盯著手機和iPad。電話一響，就跑到後面房間裡去，打上一個小時才出來。好在杜雨潔厚道，從來不說她。總算暖了姑娘的心，能說上些體己的話。

這孩子，最近也有了煩心的事。和男朋友好好地談著戀愛，原本是有長遠的打算。一次不留神，竟懷了孕。原本九〇後們並不當一回事，說是要拿掉。臨到醫院，小張突然改變了主意，決定生下來。就從家裡偷了戶口本，跟男孩兒領了結婚證。兩個人就要住到一起去，說是要「裸婚」。男孩兒家裡只有個姊姊，人在國外，倒沒什麼所謂，電匯了二十萬的禮金來。可姑娘家裡知道了，要翻了天，說都找不到地方擱臉。

杜雨潔就說，張兒，你也得體諒下家裡頭。家裡就你一個，養了女兒這麼大，不就盼著風光這麼一回。

小張就很不屑地說，杜姐，你以為我想「裸婚」，還不是一幫老頭老太太難伺候。你都不知道，現在的九〇後有多難。個個月光族，這婚誰結得起。可到他們那兒，裸了不花他們一個子兒，說我們不孝順；不裸又說我們啃老。進退兩難。我媽那點兒小九九[2]，誰又不曉得。那麼多年隨出去的份子錢[3]，她不要收回來嗎？我就是她的人生成本，可她不懂這是個機會成本。人生只贏不輸，投資無風險，哪有這麼好的事。

杜雨潔想一想說，辦婚禮說是個形式，可你想，也是對結婚雙方的考驗。要走一輩子的事，能多考驗一次都是好的。

小張就說，所以我這輩子，算是捐進去了。杜姐，還是你好。自己一輩子，就該要自己掌握。

聽她說得老氣橫秋，杜雨潔忽然有些後悔那次和她短暫的交心。也是在那次交心之後，她知道自己正屬於網絡上常說的「剩女」這類人。十年前失

2 心機謀算。
3 婚喪喜慶的禮金。

敗的戀愛，她的自尊心變得十分堅硬，現在可以坦然地接受自己被剩下來。

這時，有人捧著一摞書走向杜雨潔。她們停止了談話。小張又低下頭看她的手機。突然「啊」了一聲。

待人走了。杜雨潔問她，怎麼了。

小張看她一眼，說，副市長的女兒，鞋找到了。在衛西的城牆根兒底下。

副市長？

是啊。都失蹤了九天了。小張把手機放在她眼前。微信新聞裡頭有張圖片，是張年輕女子的照片。不漂亮，但是面相安靜。她不知為什麼，覺得似曾相識。想了一會兒，記起來，母親看電視說丟了的，正是這麼個人。

聶傳慶來找杜雨潔的那天，天氣晴好。

因為是中午，並沒有什麼人來。館裡未免有些冷清。杜雨潔立在櫃檯前，看一束陽光打在窗口的勒杜鵑上。光柱裡有細細的塵土飛舞，起伏。微風吹過，灰塵便更動了的方向，忽疾忽緩地旋轉，看得她有些入神。一條洋辣子扭動著身體，拖著絲從槐樹上落了下來。杜雨潔皺了一下眉頭。

這時候，有一隻手伸過來，小心翼翼地。遞過來兩本書。一本是《中國交響樂團史》，一本是巴哈的《十二平均律曲集》，都是沒什麼人看的書。杜雨潔接過來，頭也沒抬，用探頭掃了一下，說，過期三天，請交罰款六元。那隻手便遞過來十塊錢，杜雨潔找了四塊。四枚硬幣擺在檯面上，脆生生地響。

是我。

杜雨潔聽見很黏滯的男人聲音，好像從喉管深處發出來。她抬起頭，看見聶傳慶半低著頭。稀薄的頭髮，因為汗水，有一兩綹正搭在了額頭上。

聶老師？杜雨潔方才漠然的表情，還沒有調整好。

聶傳慶倒是先開了口，那天匆忙，沒顧上打招呼。早就該說，要謝謝你的。那孩子，果然是很靈。過了夏就能考五級了。

杜雨潔愣一愣神，說，小事兒，不客氣。

男人似乎突然意識到，自己說了太多的話。他的嘴唇動了一動，臉上露出羞慚的神色。他對杜雨潔點一點頭，轉過身，慢慢地走了。

杜雨潔看著他的背影，有些佝僂。走出門外，忽然被猛烈的陽光模糊了輪廓，成了瘦而細長的人形。不知為什麼，她嘆了一口氣。《十二平均律曲集》上印著巴哈的肖像，飽滿的假髮底下，是一張同樣飽滿的臉。然而眼睛，卻不知給誰用藍黑的墨水塗了瞳仁，陰森森地從眼眶中浮凸出來。

回到家裡，看著母親抱著紫砂壺在看京戲。電視裡頭，是一齣《鎖麟囊》。母親和父親生前一向喜好不同。母親偏愛程派，喜歡清冷。在杜雨潔聽來，總是有一股說不上來的涼意，淒慘慘的。

聽到她的聲音，母親昂了一下頭，眼睛又回到屏幕上，說，這個張火丁，唱得好是好，可總覺得還欠點什麼。說完，將老花鏡取下來，說要給她熱飯。杜雨潔說，媽你坐著，我自己來。

母親便又坐定，說，陽臺上有一煲綠豆湯，正涼著，先喝了再吃飯。這天熱得人都不想動。

杜雨潔就盛了一碗綠豆湯。喝了一口，停一停，又喝上一口。這段時間，母親的廚藝是飛速地進步。早已過了煮茶葉蛋，殼都沒敲開就下鍋的階段。可是，這煲綠豆湯，未免太好喝了。杜雨潔舀起一勺，看豆糜糯糯地流淌下來，竟然還有一粒粒的桂花，落到了碗裡頭。

你陳叔叔來過了。煲了綠豆湯。還給你斬了一碗海帶絲，在冰箱裡，你自己淋點麻油和醋。母親安靜地說，並沒有回頭。

舞臺上的薛湘靈，正唱道：怕流水年華春去渺，一樣心情別樣嬌。不是我無故尋煩惱，如意珠兒手未操，啊，手未操。

杜雨潔想，陳叔叔最近是來得勤了些。他每來一次，這家裡就有些不一樣。儘管這不一樣都是很微小的。她也知道，因為微小，母親才會一點點地接受。

父親是重慶人，家裡的菜，總好放上一把辣椒，點上一點辣油。父親走後，辣椒與辣油吃完了，她與母親都沒有再買。母女倆似乎達成了某種共識，要留著這個味覺的缺口。在她是怕母親睹物思人，母親卻恰恰用這缺口提醒自己，折磨自己。這樣持續了兩年。

陳叔叔是無錫人，他每來一次，就在菜裡悄悄放上小半勺糖，下次便又放了多一些。不會很多，是食療原則允許的範疇。就如同綠豆湯裡的甜桂花，不多，但甜得恰到好處。

陳叔叔與父親是不一樣的人。從大學一個系讀書，從同學到同事，不一樣了幾十年。父親退休前，已經不在院長的位置上，但依然是威風八面，到處給人作講座。陳叔叔退休前，卻早早地做下了安排，連歡送會都沒有參加。一個人跑去了西藏雲遊。再回來，是一張醬紫色的臉。他說把老伴兒的骨灰，一半撒在了大昭寺，一半撒在了阿里。

父親去世的前一個月，自己心裡清楚如明鏡。同事來看他，他談笑風生。周圍的人都有些不落忍[4]，說，老院長，我們走了，您多休息。父親說，往後的幾十年，有的是時間休息。這時陳叔叔走進來，坐在父親床跟前。父親的臉色卻肅穆下來，悄悄捉住他的手，說，你要多照顧著些。

杜雨潔吃完了飯，電視裡播地方新聞。正是「領導很忙」的段落。杜雨潔看到了那個最年輕的副市長，形容憔悴。母親說，你看，這差事可是我們老百姓能做的。丟了個閨女，還要在電視強打精神，表演給眾人看。

杜雨潔說，有兩個星期了吧。

母親說，何止，半個多月了。

杜雨潔便說，也不知還找不找得到了。

母親說，報上說，都找到安徽去了。我看是找不到了。

杜雨潔沉默了一下，說，也難說。美國有個人，丟了十二年，還找到了呢。

母親愣一愣，口氣硬了些，我看找不到。這麼久，活不見人，死不見屍，你說還找得到嗎？

七月初，小張終於還是向家裡妥協，辦了婚禮。杜雨潔去了。看得出，這婚禮是往好裡辦的。小張父母看上去，都是很老實的人。臉上寫著些小市民的隨遇而安和逢迎，都是在這城市裡大半輩子練就的。新郎看上去有些木，卻也是好孩子，只懂笑著說「歡迎」之類的話。男家沒有人來，寥落的幾個親戚，他就顯得有些勢單力薄。小張便放下新娘子的矜持，緊緊地依著他，怕他被人忽略了似的。小張放棄了旗袍，因為擔心顯了身形。但其實她是有些豐腴的姑娘，這個顧慮是多餘了。穿了身新娘套裝，倒實在地顯出了老來，像個強幹的婦人的樣子。

到了婚禮中間，該鬧的鬧了，該哭的也哭了，新娘便扶著新郎挨桌敬酒。到了杜雨潔這一桌，小張一把拉住她，說，杜姐，你知道我現在最大的願望是什麼。

---

4 心裡過意不去。

不等杜雨潔回應。她便說，我最大的願望，就是參加杜姐你的婚禮。

杜雨潔的笑，在臉上僵住了。一桌都是同事，眾目睽睽。她終於好脾氣地說，張兒，你直管等，猴年馬月事了。

小張捉住她的手，我看未必，那個叔叔，一個星期來四趟。

杜雨潔心裡動一下，看著女孩的眼睛，將手裡的酒，一飲而盡。

聶傳慶一個星期，跑圖書館四趟。借書，還書，再借書，再還書。借的都是很老的曲譜，蕭邦的《夜曲集》封底，卡著圖書館革委會通紅的印章。還書，書擱在櫃檯上，卻什麼話也不說。呆呆地一聲「謝謝」，便走了。

有一次，來了，卻說一本書丟了。杜雨潔說，那要賠償了。就查原價，算折舊，算出版年限。弄了老半天，一來一去，倒說了不少的話。終於算出來，原本幾角錢的書，賠出了幾百倍的價格。聶傳慶賠了錢，人卻沒有走。杜雨潔便說，以後小心一些，不要再丟了。倒也不完全是錢的問題。文革以後，這館裡的老版書少了許多。丟一本，少一本了。

聶傳慶點一點頭，將已經捲上去的襯衫袖子又放下來。扣好袖子上的鈕子，這才走了。

直到有天，本來一切如常。人走了。聶傳慶卻回過頭，看她一眼，不甘心似的。小張就老謀深算地說，姊，叔叔今天有情況。

杜雨潔看他走出去，沒過幾分鐘，手機響了。他發來的短信：想請你吃個飯，謝謝你。

杜雨潔遲疑了，回了他一條，謝什麼！

手機又響了一下，發來了三個字，要謝的。

杜雨潔就笑了。她幾乎可以想像，聶傳慶打出這三個字臉上的神情。

晚上，杜雨潔洗了澡出來，聽到手機響。她一邊擦著頭髮，打開手機，手卻停住了，任一滴水沿著髮梢濕漉漉地滴下來。聶傳慶發過來的地址，是這城市最有歷史的一間西餐廳。

她寫了一條，躊躇間，刪掉了。想一想，發了一條過去。語氣有些直截了當：換個地方。你是用錢的時候。

她迅速收到了回覆，就這間！

她的眼睛愣愣地盯著這個驚嘆號，心裡動一動。外面遠遠傳來一些胡琴的聲音，斷斷續續地傳進她的耳朵裡。彷彿來自初學的人。先是有些膽怯的，拉了幾個音，絮語一般，仍然劃破了這夏夜的寧靜。漸漸勇敢了些，拉成調了。不好聽，但仍然有些期艾的味道在其中。這時，不知哪一家廚房裡，發出「哧啦」一聲，是熱油下鍋，一陣翻炒。熱鬧之後，胡琴的聲音，完全聽不見了。

杜雨潔突然站起來，打開衣櫥，卻也瞥見鏡子裡的自己。齊膝的睡衣，領口上的一道線，曲曲折折地耷拉下來，有些喪氣似的。她將衣櫥裡的衣服，都翻找出來。攤在床上，翻來看去，又一件件地往身上比。終於一疊一堆地擱在一旁去，難免沒有惆悵。倒不是因為挑不出，而是，稍入眼些的，背後都有一段回憶。這些回憶是她自己攢下的。就像手裡一件重磅真絲的襯衫，裡面還鑲著寬大的墊肩，是很陳舊了，也已不合時宜，但質地卻是好的。她便留下來，捨不得丟掉。

她看一看，想一想，終於還是在心裡放棄。站起來，去衛生間刷牙。再回來，卻看見母親幽靈似的，從自己房間走出來，面無表情。

她就看見床上擱著一件孔雀藍的旗袍。她認識，是母親預備和父親結婚週年紀念時穿的。榮泰祥做的，慢工出細活。訂下了，父親卻病了，走得急。竟恰是在喪禮後的那個星期給送來了。

她將旗袍撿起來，捧在手裡，撫摸一下。織錦緞如同皮膚一般滑膩，一撒手，便如同在手指間流淌。她一只只地打開琵琶釦，很慢，如同儀式。然後慢慢地穿上。待整理好了，再看鏡子裡的自己，有些吃驚。她與母親的身材相仿，倒是她更豐腴些。這旗袍出自名家之手，是懂得揚長避短的，便為她遮蔽去了許多歲月的痕跡，有了玲瓏之感，看得她竟有些恍惚。她將手放在自己胸前，禁不住托了一下。有些心悸，額頭上竟出了一層薄汗。她呆呆地坐在床上，一剎那便站起來，怕旗袍起了褶皺。她知道自己，不是將它當衣服來看待。無知覺間，這已然是她的畫皮。

第二日週末的黃昏，她穿了這旗袍出門。母親將老花鏡取下來，瞥她一眼，摘掉了一朵韭菜花，很安靜地說，你是長久沒有對自己認真過了。

杜雨潔走進「錦添」西餐廳，遠遠地已看見聶傳慶。她看這男人稀薄的頭髮，用髮蠟碼得整齊，散發著淺淺的光澤。聶傳慶起身，給她拉開座椅。原來他竟穿了一件燕尾服。

這隆重的裝束並不合身，袖子有些長。衣領上有清晰的紋路，是未熨燙好的摺痕。點了菜，又叫了一支紅酒。他闔上了菜單，看她盯著自己，便略有些不自在地說，衣服是我父親的。他的身量比我大。

杜雨潔連忙收斂了目光，問道，老人家高壽？

聶傳慶說，九年前去世了。他以前是市西樂團的指揮。這件衣服還是他在德國留學的光景買的。

杜雨潔便笑說，這麼說來，是一件文物了。

男人未有領會她的幽默，反而正色看她，說，你的衣服很好看。

她本想自嘲，這件旗袍也出自家傳。但終究沒有開口，反而有些矜持地讓自己坐得更端正些。

起初，兩個人無非聊些日常的話題，天氣時事之類。終於聊起他的工作，他便連忙舉起酒杯，向她道謝。

他說，因為她介紹的那個學生，為他帶來了口碑，現在已經有三個孩子跟他學琴。有一個初中的學生，最近還在省裡舉辦的比賽上，拿了銀獎。

杜雨潔便恭喜他，一邊問，教這麼多學生，沒有什麼困難吧。

聶傳慶愣一愣，臉突然一點點地紅了，口中囁嚅道：我怎麼會有困難，我教得很好的。

她知道他誤會了，以為質疑他的能力，便說，這畢竟是個副業。

聶傳慶沉默，然後將杯中的紅酒底子喝掉了。他輕輕說，我就快轉正了，在一個中學。

杜雨潔覺出了一點尷尬，好像自己在刺探什麼。她的目光就有些游離，看見鄰桌的一對老夫婦，正襟危坐，小聲議論今天的頭盤，似乎味道牽強。一個單身的年輕男人，正在看菜單，與女侍者的談話間，眼神流露曖昧。

我離婚了。聶傳慶說。

這句話對她而言，十分突兀。她幾乎不安。雖則彼此進入了微醺的狀態，但她還是警惕了一下。杜雨潔想，她需要擺出一個得體的姿態，這或許是傾聽的開始。

他沒有在意她的反應，繼續說，所以，我需要錢，我要把我兒子的撫養權，從我前妻那裡爭回來。

他說這些時，並沒有一絲情緒起伏。神態十分鬆弛，彷彿在說別人的事情。

但是，一些空白還在他們之間出現了。大約因為中國人所篤信的禮尚往來，杜雨潔評估著他的期待。她迅速地整理這近四十年的人生，看有沒有一些無傷大雅的內容可以分享。

這時候，聶傳慶對侍者招了下手，然後輕輕對他耳語。

一個小提琴手出現在他們面前，淺淺地對她鞠一躬，然後開始了演奏。音樂響起來，是《第一號布蘭登堡協奏曲》。她想，他果然很喜歡巴哈，一如她的父親。這聲音，讓許多人靜止了手中的事情。老夫婦，年輕的男子。這首曲子不是很適合在西餐廳中出現，如此的明亮，先聲奪人地喧嘩，將眾人的耳朵叫醒了。

她笑了，心下一片輕快。她在音樂中全身而退，不禁對他刮目相看。

他們開始約會。

大約因年紀的緣故，他們的約會，並沒有十分的理直氣壯。這一點，彼此之間有些難堪的共識。往往，他們選擇的場合，也不具備顯然的戀愛質地。甚至，他們為了簡化在這過程中交流的必要，不自覺地走向形而上的道路。

因此，有時兩人約定了去看音樂會。聶傳慶先坐定了。直到開場前，杜雨潔才姍姍地來到。一直到中場休息，未有任何對話。或許第一句話是，那個吹單簧管的，簡直沒有吃飽。又比如，拉赫曼尼諾夫，哪裡是人人彈得。有時，去看畫展。兩個人都不太懂畫。往往在一幅作品面前駐足很久，心裡都露著怯，但就是誰也不說話。有一次，逢著一個香港畫家的個展開幕。他們站在熙攘交際的人們中間，手足無措。他額頭冒著汗，一杯接一杯地喝免費的雪莉酒，突然不知哪裡來的勇氣，帶著她從人群中殺出一條血路，走到了外面去。兩個人站在大街上，舒了一口氣。面面相覷，她突然大笑起來，同時問道：我們在幹什麼。

他們兩個，走在盛夏夜晚的大街上，感受著燥熱的空氣在一點點冷卻。在一處巷弄，他們看到一個賣餛飩的小攤。攤主是個小姑娘，低頭擺弄手機，樣子並不十分殷勤。但是，她似乎有點興奮。她坐下來，對他說，她小時候，父親經常帶她出來吃餛飩。他們叫了兩碗餛飩，幾串麻辣燙。她開始對他說她兒時的事情，說得十分具體。她突然發現，童年是個有關分享的安全地帶，簡直鉅細靡遺。他聽著，並不說話，在需要的時候笑一下。笑得很放鬆，帶有了寬容的意味。就這樣，過去了好久。小姑娘突然說，叔叔阿姨，我要收攤了。

這時他們同時間沉默了，是遭受打擊後的沉默。簡單的稱呼，將他們迅速地拉回了現實。不算友好，無可指摘的現實。

他說，我送你回去吧。

杜雨潔拒絕過很多次，這次卻順從了。在停車棚裡，他打開鏈鎖，推出那輛女式的自行車。

他讓她坐在車後座上，慢慢地騎，但還是帶起了一陣風。條件反射般的，她扯住了他的襯衫。

抓緊，聶傳慶輕輕地說，語氣卻很篤定。於是，她摟住了他的腰。他加速，她便又摟緊了一些。空氣裡是植物休眠的氣息，以及，淡淡的男人體味。她想，他們終於向前走了一步。

在一處不平整的路面上，自行車顛簸著。杜雨潔覺得自己也幾乎被顛得散了架。她終於說，這輛車對你來說，太小了。

男人說，這是她留給我唯一的東西。

杜雨潔聽到這句話，心裡冰凍了一下。手無知覺地鬆開。但這時，自行車卻又顛簸了。下意識間，她再次摟實了男人的腰。

一如既往，他會來圖書館，借書還書。在某種默契中，還是有種親密在建立起來。

杜雨潔感覺到自己的年紀，好像泡在醋中的蛋殼，一點點地軟化、破碎。一些新鮮的、柔嫩的東西，忽然間暴露在了空氣中，出奇的敏感。這讓她有些膽怯。於是，自然地，她覺得她與這個男人間，形成了某種同盟的格局。這同盟的性質，是連她自己都尚未清晰的。但是，她的確是有了期待。

聶傳慶在少年宮租借了一間練琴房，每個星期五用來上課。一天，在他上課的時候，杜雨潔坐在一邊，看他用跨了十二度的大手，彈奏《革命》。這手有著過於寬大的骨節與奇長的手指，與他消瘦的身形相比，幾乎不成比例。在這鏗鏘的音樂聲中，手似乎又被更為放大了一些。他彈得有些忘我，有些忽略了關於教學的精神。他的學生敬畏地看著這個男人。蒼白的敗頂的中年人，剛才還在以恭謹的口吻教著他們指法，然而這時，臉上卻有了君王的表情。不可一世，獨斷專行。她也看到了他目光中的狠，是如此陌生，但卻吸引了她。她的頭上流淌著薄薄的汗，心跳在最後一個音符上戛然而止，然後在屏息中慢慢復甦。他回過頭，微笑地看了她一眼，那種並不自信的、討好的微笑。她鼓起掌，和他的學生一起。他是她的英雄。

下課後，他們在少年宮附近的大排檔吃了火鍋。她叫了一扎啤酒。他說他不喝啤酒，她堅持叫了。她說，你教出的學生得了獎，應該慶賀。

在這喧囂的，熱鬧而粗礪的氣氛中，他們受到了一種鼓舞，喝了許多酒。杜雨潔看著眼前的男人，臉頰上泛起了胭脂一樣的紅，像是粉墨登場的戲子。她不禁哈哈大笑，笑得聲震寰宇。他大著舌頭，夾了一片牛百葉，想要放到她的碗裡，卻碰翻了她面前的啤酒杯。酒水翻倒出來，恰潑在她的身上。他慌了，迅速地撕扯著桌上的捲紙，一下子全蓋了上去。使的勁很大，一隻大手，踏踏實實地捂在了她的胸前。她的腦也是木的，這時酒卻醒了一半。聶傳慶也愣住，手卻沒有移開。半晌，才驚覺似的彈起，口中連連說著「對不起」。

杜雨潔震顫了一下，感到一些酒水，沿著領口流下去，滲入了肌膚，一陣涼。而卻有另一種灼熱的東西，沿著心口一點點地升騰上來。

他們吃完飯，夜安靜了許多。他們在大街上走著，誰都沒有說話。食肆與攤檔都打烊了，聽得見鐵柵門接連拉下。聶傳慶口中突然響起一串音符。她好奇地看他。他笑一笑，說這是店鋪裡的燈次第熄滅的聲音。

她也笑了。城市的另一邊，還是一片通明。鱗次櫛比間，是繁盛的霓虹，將這座城如海市蜃樓一般勾勒出來。這麼近，又這麼遠。

兩個人站定，遙遙地望過去。她終於依偎著他。看一處樓頂的夜總會，幕牆上閃動著若干抽象的男女人形。舞蹈狂歡，不眠不休。

一些柔軟而燠燥的風，吹過來，穿過衣服，收斂了毛孔。汗水黏膩在身上，無法暢快地流下來。

太熱了，真想洗個澡。當她說完這句話，兩個人都靜止了，有些不安地偷眼看了一下對方。身體悄悄地分離。

在街道的拐角處，他們看見了一個小旅館。招牌上寫著「如歸」。似乎剛剛裝修過，門面是潔淨而整齊的。大堂並不寬敞，卻有一盞碩大的枝形吊燈，散發著黃色的溫熟的光。

他們終於還是猶豫了。她感到聶傳慶的手，在她手中緊了一下。她默默捉緊了這隻手，走進了旅館。櫃檯上是個樣貌本分的中年婦人，問他們要身分證。聶傳慶愣一下，將自己的身分證遞過去。婦人接過來，用很抱歉的口氣說，最近查得緊。杜雨潔終於抑制不住地將頭深深地埋下去。婦人將鑰匙遞過來，卻又從抽屜裡拿出了兩個錫紙包，悄悄放在杜雨潔手裡。是兩只安全套。她看著杜雨潔，用讓人寬慰的聲音說，都是同齡人，理解萬歲。

他們坐在略略有些霉味的房間裡。沒有開燈。路燈的光線，透過窗戶，淺淺地投射進來，籠在他們身上。他們安靜地坐了一會兒，他終於伸出手去，但似乎又很躊躇。她看見那手的剪影，落在牆上，像一隻翅膀。她慢慢將這隻手，放在自己的臉上。他們終於擁抱在一起，聞得到對方身上傳出的油煙與火鍋湯料的味道，隱隱的辛辣。他們迅速意會到了這氣味對於情欲的隱喻。不潔淨，但如此入人心脾。

他們赤裸裸地面對，撫摸，在陌生的身體尋找熟悉的印記。然而一瞬間，觸到了彼此身體的鬆弛，都不自主地躲閃了一下。掛鐘發出均勻而急促的聲響，將他們推入了正題。糾纏中，她有些意外。這時候，他並不如同看起來那般木訥。甚至在某些段落，他的表現像是個久經情場的老手，熟稔地攻城略地。在他進入她的時候，帶了這麼一點狠。她叫了一聲，感覺自己的打開，原來是如此地輕而易舉。

第二天她醒來，發現他已經不在身邊。桌上擱著一個塑膠袋，裡面裝著豆漿與小籠包。旁邊有一張字條：你睡得熟，沒叫醒你。早課，先走了。早點用微波爐加熱了再吃。

她洗漱過，將頭髮鬆鬆挽了一個髻，坐在床上，一口口地啜著豆漿，同時打開了電視。這個小旅館，居然收得到國家地理頻道。大地春醒，南極短暫的陽光。上百萬隻雄企鵝，浩浩蕩蕩地築巢，只爭朝夕，為繁衍做足準備。其中一個鏡頭用了航拍，在赤白色的岩灘上，無數的黑點，移動忙碌。這些密集的黑點令杜雨潔皮膚上一陣酥麻，在不適中換了臺。地方臺在播早新聞，在西郊的各莊柳溪下游，發現了一具女屍，與數月前失蹤的少女體貌相似。有待ＤＮＡ鑑定結果進一步確認。

外面傳來知了的叫聲，聒噪急促。杜雨潔將窗簾打開，一片大亮。

晚上回家，母親照常給她留了飯，沒有說其他。

菜是可口的，只是比以往的甜又增加了幾分。因為近日少在家裡吃飯，這甜沒有了循序漸進作為基礎，忽然間具有了侵犯性，對她的味蕾造成了些微擊打。

杜雨潔收拾好碗筷，想要坐下來，和母親鄭重地談一談。

但是，她聽到客廳裡哀艾的青衣吟唱突然停止了。她走出去，看著空蕩蕩的椅子。母親已經回去了房間。

她倚靠著沙發，一個人坐在黑暗裡頭。不知為什麼，覺得這個家倏然間有些陌生。

她見到這個男孩，是在半個月後。

對於他的安靜，她並不意外。一如很多離異家庭出身的孩子，她想他會對生人有天然的警惕。

聶傳慶選擇了必勝客作為首次見面的地方。這樣很好，沒有太隆重。因為輕鬆與日常，且略帶喧囂，可以掩飾冷場的片段。

男孩默默咀嚼一塊松露甜蝦披薩，旁若無人，但是並未令人反感。她意外的是這孩子長相的甜美。他並不很像聶傳慶。他的眉宇很開闊，儘管年幼，面對周遭並無任何不自然，是既來之則安之的模樣。並且，她在他的一些小動作中，看到了某些生活優越的暗示。她禁不住從他臉上的細節，揣度來自於母方的基因。

男孩的臉頰上，沾上了一點乾酪醬。她下意識地拿起紙巾，想為他擦掉。但男孩頭偏了一下，躲過了她的手。他自己擦乾淨，並對她報以一個微笑。笑得禮貌而得體，沒有一絲唐突。

當他們置身於夏日的遊樂場，已經是正午時分。三個人都有些狼狽地流汗。在過山車的入口處，聶傳慶對男孩說，爸爸怕頭暈，讓阿姨帶你去玩。同時間，將孩子的手放在杜雨潔的手中。孩子回頭看了父親一眼，默默地牽著杜雨潔的手走進去。

到底是個孩子。過山車旋轉騰挪，在極大的恐懼與快樂的刺激下，他和杜雨潔一同吶喊歡叫，也在彼此的興奮中親近了許多。

他們出來的時候，聶傳慶手上舉著兩支冰淇淋，說，你們再不下來，就化掉了。在樹蔭底下，男孩恢復了先前的安靜樣子。聶傳慶問他，好不好玩？男孩想一想，很認真地回答他，阿姨很勇敢，比媽媽強多了。

這個答案似乎是一種額外的褒賞，聶傳慶眼神中閃出一些光。他會心地看杜雨潔，笑一笑。

黃昏的時候，他們將孩子送上一輛黑色的奧迪車。她沒有看清車裡的人，或許是她刻意不想自己看到。

聶傳慶看奧迪遠遠地開走，消失。他的目光還停留在車水馬龍裡，喃喃地說，他喜歡你。

什麼？當杜雨潔明白過來，不禁自嘲，我，我是老婦聊發少年狂。

聶傳慶回過頭，看著她的眼睛，輕輕地問，你呢，願意和這孩子一起過嗎？

杜雨潔需要安排聶傳慶與母親見面。這個見面不能突兀，需要足夠的鋪墊。每每她想與母親開口，卻因為不知從何說起而放棄。這樣，竟又過去了許多時日。

週末，母親拿著一張廣告單張，對她說，市中心開了一個很大的超市。日本空運來的藍莓，價格只是附近水果店的一半。她說，好，我們去逛逛。

超市人滿為患，母女兩個幾乎迷失在了人群中。母親開始抱怨，後悔自己來湊這份熱鬧。她說，來了也好，趕上開張，沾沾喜氣。母親要買的藍莓，早已被一搶而空。母女兩個隨著人流，到了水產部。在賣鰱魚的水箱前，母親呆呆地看，說，你爸走以後，家裡好久沒吃過剁椒魚頭了。除了糖醋，就是糖醋。買一隻吧，我做給你吃。母親便戴起老花鏡，仔細地挑揀。

杜雨潔一時間覺出百無聊賴。就在這時，她看見了一個熟悉的身影，是聶傳慶。聶傳慶拎著一只購物籃，正在人群中奮力地移動著。杜雨潔張了張口，終於沒有出聲。她看到聶傳慶走到了水產部對面的女性用品專櫃，顧盼了一下，然後從架上抽下一包衛生巾，放進了購物籃裡。

母親終於挑好了一條魚，師傅手起刀落。那魚的身體還在擰動掙扎。血淋淋的魚頭，嘴巴翕動。眼睛卻已經慢慢地浮現出死灰的顏色，望著她。

母親用胳膊肘碰了一下還在愣神的杜雨潔，欣喜地說，你看，這魚多新鮮啊。

杜雨潔進入聶傳慶所住的小區，是在一個星期後了。事實上，她極不適合於跟蹤這件事。她對於地形的記憶與判斷能力欠奉，身手也不夠敏捷。更重要的是，在她的潛意識裡，這並不是一件很磊落的事情。這影響了她對整件計畫的合理安排。然而，她決定做下去。因為她無法想像，木訥的聶傳慶，如何能夠將自己蒙在鼓裡，且如此地理直氣壯。

她很清楚這個男人的清貧。但是，當真正確定了他的住處，還是有些吃驚。事實上，她從未涉足這裡。在城市裡還有這樣一種地方，她聽說過，叫做「城中村」。這座移民城市的原住民，在屬於自己的土地上建起私房，漸成聚落。他們將這些房子租給外來的打工者，或者經濟不寬裕的大學生。叫「村」的地方，並非在荒郊，而是在這城市的心臟的位置，自成一統。他們以一種天然的文化頑固，與這城市的新興與現代構成了壁壘分明的局面。彼此相安無事，卻並非世外桃源。因為來往人員的魚龍混雜，箇中的藏汙納垢，不足為外人道。

杜雨潔行走在這村落中，有些猶豫地穿行於樓與樓的間隙。為了最大化地利用土地，這些樓的間距很小，彼此之間形成了僅容一人的巷道。她聞見了某種不潔淨的氣味。而有人在頭頂上搭了竹竿，晾曬了床單，正滴滴答答地淋著水。有一滴恰落在她的頸子裡，一陣徹心的涼。她逃似的快走了幾步，卻一腳踩進了一灘汙水裡。

這時卻聽見人朗聲大笑。在巷道的盡頭，一個衣著暴露的女人，正倚著門，以挑釁而戲謔的目光看著她。女人穿著極短的皮裙，上身是一件緊身的背心。領子很低，露出了深長的乳溝。儘管妝化得很濃，似乎並未遮住不小的年紀。女人的身後是粉色的燈光。一個旋轉的招牌，上面寫著「欣雅髮廊」。杜雨潔沒有勇氣和她對視，而是咬緊了牙關，更快地走過去。她在心裡狠狠地說，聶傳慶，這些都是你帶來的。

她遠遠注視著聶傳慶的住處。這個出租屋似乎比周圍的更為破落，或許是租金便宜。牆上的混凝土剝落，露出了內裡斑駁的磚色。有好事的人，便沿著磚石的輪廓，畫了一些猥褻的圖案。旁邊有許多的文字，是他人對他想像力的褒賞。她很確定，聶傳慶是住在一層最右手的房間。因為每當他走進門洞，這個房間的燈便亮了。但是，窗戶上總是蒙著很厚的窗簾，幾乎只能看到人的剪影。她有時會看到一個男人，靠著窗子很近，過一會兒，便走開了。這是第五天了，她對這剪影已十分熟悉。並未有第二個人出現。

房間裡的燈，終於滅了。杜雨潔並未轉身離開，她覺得有些虛脫。這一週，每當她與聶傳慶分手，便悄悄叫上一輛出租車，跟在他身後。當進入城中村，聶傳慶騎著車如魚得水，她便跟丟了。兩天後，她終於成功地跟到了這裡。她像一個並不精明的獵手，以兢兢業業的方式，想要成就自己的事業。她知道，自己需要的是耐心。

她看到房間的燈滅了，月光便浮現得清楚。聶傳慶的女式自行車倚著牆，鎖在一只消防栓上，泛著好看的藍色。她忽然覺得，這輛車與自己有著某種隱祕的聯絡。想到這裡，她的鼻子猛然一陣發酸。

回到家時，客廳裡暗著燈。電視卻熱鬧著，《狀元媒》裡的一段二黃原板。雍容華貴的柴郡主，此時是一派小女兒態。「自那日與六郎姻緣相見，行不安坐不寧情態纏綿。」父母皆愛薛亞萍，是因她得張君秋的真傳。年紀雖大了，骨子裡的嬌媚，卻分毫未減。行腔之圓潤，舞表之迭轉，一氣呵成。生生將一眾新生的青衣與花衫比了下去。杜雨潔呆呆地看，忘記了換鞋，就這麼木矗矗地站在了原地。

沙發卻發出皮革摩擦的響動。她聽見母親的聲音，你陳叔叔給你做了醬肘子，不用熱了。涼的吃得勁道。

杜雨潔的眼睛適應了光線，才看到沙發上多了一顆花白的男人的頭，緊緊挨著母親。挨得如此之近，理直氣壯。

她張了張嘴，感到唇齒間磕碰一下，終於將話吞嚥了下去。高跟鞋落到了地上，「啪嗒」一聲響。薛亞萍一個亮相，眼神中的凜冽，劃破了黑暗，在杜雨潔的心尖上輕輕一挑。

當雨大起來的時候，杜雨潔還保持著無動於衷的姿態。

這個週五聶傳慶照常在少年宮上課。但杜雨潔沒有去。她說她要和同事們去看圖書館系統的老幹部合唱匯演。事實上，在演出進行到大半，她溜了出來。這時離聶傳慶的課程結束，還有四十分鐘。

她確信自己可以在這男人回家之前，等在那裡，令他毫無戒備。

當她站得腳感到腫脹的時候，她看見聶傳慶走進了出租屋，孤身一人。雨大起來。在這個月朗星稀的夏夜，突然下起了雨。密集的雨點一些落在了杜雨潔頭頂殘破的石棉瓦上，鏗鏘作響。一些卻打在了她身上。她走出去，站在雨裡。空氣中迅速地發出了塵埃落定的土腥氣。腳下的積水，在她的視線裡漫溢出來，混合著腐臭的、不知名的毛髮，悄然湧動。她站在雨裡，看著那扇蒙著厚厚的窗簾的窗戶。冰冷的臉上，不知為什麼，有滾熱的東西流淌下來，如此不合時宜地順著她的鼻樑、面頰、下巴，流淌下來。杜雨潔看到，那扇已經滅了燈的窗戶，重新亮了起來。

她看見聶傳慶出現在門口，撐起一把傘。他快步向她走過來，擁住她，推著她走進了出租屋。

他們沉默地站著，聶傳慶給她遞過來一塊毛巾。這男人只穿了一條短褲，露著清瘦赤白的身體。魚白色的四角褲上有一塊焦黃的汗跡，在靠近襠部的位置。她埋下頭，牆角裡的一隻拖鞋提醒了她。她的眼神遊蕩了一下，在這個狹小的房間裡頭。

為什麼這麼做。她聽見男人說。

樓上突然發出巨響，似乎是不懂事的孩子無來由的蹦跳。頭頂的燈泡抖動一下，昏黃的光暈，在她對面牆上起伏。她將自己的聲音壓得很低，所以，你早就知道。

男人點點頭，給她倒了一杯熱水，放在她手上。打開抽屜，抽出一支菸，點上。她並不知道他原來抽菸。他的嘴裡從來沒有一絲菸味。食指與中指間，沒有異樣的痕跡。原來他抽菸。她看見一縷藍色的煙霧緩緩地升起，慢慢消散。

她開始嗚咽。他走過來，輕輕攬住她，把她的頭靠在自己身上。她的耳廓印在他的胸膛上，那裡生著淺淺的細毛。一陣癢。

聶傳慶拿起毛巾，擦她淋濕的頭髮，然後低下頭，吻了一下。她聽見男人的呼吸變得急促。他突然抱緊了她，幾乎令她透不過氣來。他簇擁著，將她使勁推倒在身後的床上。她看著方才面目平和的他，眼睛發出猩紅的顏色。他開始剝她的衣服，一邊在嘴裡罵著髒話。在她還未有氣力表達驚異的時候，他已經以粗魯的方式進入。

她在心裡長嘆了一聲，接受了眼前的突如其來。在他凶狠的撞擊中，她看著左右搖晃的燈泡，似乎漸被催眠。她闔了一下眼睛，再睜開。光暈中出現了一個黑洞，無限止地擴張，漸漸接近她。觸碰了她一下，卻忽然間消失，了無痕跡。男人的臉上，呈現出不可思議的表情，在享受她的包裹，同時間有懼色。他的呻吟變得粗重，如同遭受了鞭打。冷顫般抽搐，戛然而止。

一切結束，房間裡的景象才在她眼前漸漸清晰。她首先看到了床邊的鋼琴，在這逼仄的空間裡，不合情理的大與堂皇。琴凳上有幾件髒衣服。她掙扎了一下，坐起來。她看到鋼琴上擺著一張照片，上面是一個女人和孩子，神情親密。這男孩她見過。女人生著潔淨的額頭，和孩子一樣長相甜美，似曾相識。她怔怔地看，目光蒼白。男人伸出長大的手，將照片放倒，用空洞的聲音說，她不配和我兒子在一起。

他將燈熄了。兩個人躺在黑暗裡，她不禁向靠牆的一側挪動了一下。她揣測著身邊人的輪廓，陌生而可疑。他坐起來，摸黑又點上一支菸。菸的光色在夜裡畫出一道優美的弧，如同螢火。

杜雨潔被一種異常的聲音驚醒。她揉揉眼睛。這時是凌晨，她彷彿從窗簾縫隙中看到了一點光。她打開燈，看了看手錶，發現聶傳慶不在房間裡。

聲音又出現了。她屏息辨認，這聲音斷續而有規律，好像從牆角的方向發出來。開始有些怯生生的，漸而清晰，是一種持續敲擊金屬的聲音。而杜雨潔很清楚，這是這一層的最後一個房間。聲音應該不是來自鄰居。

這樣想著，她心裡有些發毛。然而，這敲擊聲對她構成了吸引。她下了床，在空氣中聆聽，接近聲音的方向。是的，是牆角。那裡有一個簡易的衣櫥。IKEA裡賣的那種，鐵絲架上罩著厚尼龍布，上面印著喜氣洋洋的米老鼠。她走過去，試著將衣櫥移動了一下。衣櫥比她想像得要重一些。她使了一把力，終於搬開一角。人卻靜止在那裡。

衣櫥後，是一個半人高的洞。

非常規整的四方形，上面有一道鐵柵門。這門上有新鮮的水泥的斑點，裝上去應該不久。靠近門的右下方，伸出了白鐵皮的煙囪管道。門閂上掛著一把密碼鎖。

杜雨潔輸入了這個房間的門牌號，沒有反應。她並沒有太多有關這個男人數字。她猶豫了一下，準備放棄。敲擊聲在繼續。

杜雨潔閉上眼，讓自己平靜下來。她終於重新輸入了一組數字。鎖開了。這是她與那個男孩相見的日子。聶傳慶說，這一天是他兒子的生日。她慢慢打開了門。

嚮聲停止了，四方形的洞裡，隱隱地透著光。她將頭探進去，有些畏縮。但幾秒鐘後，她將腳也伸了進去。試探間，她的腳觸到了一架梯子。她沿著梯子攀援而下，小心翼翼。她拿不準這梯子的長度，如同深井。在她這樣想時，腳卻已經踩實，落在了地面上。

她看到另一扇門，那是稀微的光源。她輕輕推開。一股強烈的濕霉味混著不知名的腥氣，擊打了她的鼻腔。她同時間看見了那個女孩。

一只用於野外遠足的節能燈，泛著幽幽的藍。儘管嘴巴被堵住，杜雨潔還是一眼認出，這正是近日裡失蹤的姑娘。她抬起頭，看著闖入的女人，眼裡有微弱而驚恐的光芒。女孩被捆縛著，戴著沉重的腳鐐與手銬。腳鐐的一端被鎖在牆上，如果可以稱之為牆的話。這是一堵被混凝土澆築得凹凸不平的立面。女孩以很彆扭的姿勢，抬起胳膊，敲一敲頭頂的白鐵煙囪。杜雨潔知道了聲音的來源，同時意識到，煙囪，是這裡與上面連接的通風口。

女孩將細弱的胳膊，重新縮進了骯髒的男人汗衫裡。汗衫的下擺上有汙穢的血跡，已經發了黑。她的下身赤裸著，一雙腿異乎尋常的蒼白。

這個洞穴只容一個成人半曲身體進入。杜雨潔貓下腰，走進去，腳底卻滑膩地響了一下。她低下頭，發現是一只避孕套。

她收回目光，心裡一陣疼。她走過去，將女孩嘴裡的布取了出來。女孩虛弱地看她一眼。杜雨潔說，為什麼。

女孩眼睛死灰復燃一般，閃了一下。她輕輕地說，謝謝你，我只是不想這樣死。

杜雨潔使勁地拉扯女孩的腳鐐，十分結實。她說，你等著，我上去拿手機，我們報警。

在這時她聽到了隱隱的鋼琴曲聲，〈水邊的阿狄麗娜〉。那是她的手機鈴聲。某次在聶傳慶教課時，她錄下的。

她慢慢回過頭，看見男人面無表情的臉。杜雨潔仔細看著這張臉，似乎在辨別和確認，她問，為什麼？

為什麼？我也想問為什麼。男人的聲音沒有一絲起伏，你說為什麼，她老子好好地要搶別人的女人，還有別人的兒子。

杜雨潔的嘴唇抖動了一下。她突然想起，為何照片上的女人如此眼熟。她想起來了，前年的績效改革會議，市領導視察圖書館。年輕有為的副市長一一與員工握手。他旁邊站著一個含笑的女人，笑容異常甜美。

聶傳慶環顧四周，輕描淡寫地說，這個洞我挖了整整一年，卻只用了兩個月，太可惜了。

他伸出長大的手，在牆壁上摳了一下。一些泥土落下來，發出簌簌的聲響。女孩退縮，一點點地挨近了杜雨潔，輕輕地喚一聲，阿姨……恍惚中，杜雨潔伸出手臂，想要摟住她。只一剎那，女孩迅速將胳膊環住了她的頸子，手銬的鐵鍊，深而狠地勒進了她的皮膚。

她動彈不得。男人爬過來，用一支注射器，扎進了她的靜脈。

迷離中，她聽見男人以十分溫存的口吻，對女孩說，這下你滿意了？

是的，她再次看到了那個黑洞，在光暈中浮現出來，擴張，漸漸靠近。黑洞觸碰了她一下，這回沒有再躲開，而是無窮盡地，將她深深包裹進去了。

鶺鴒

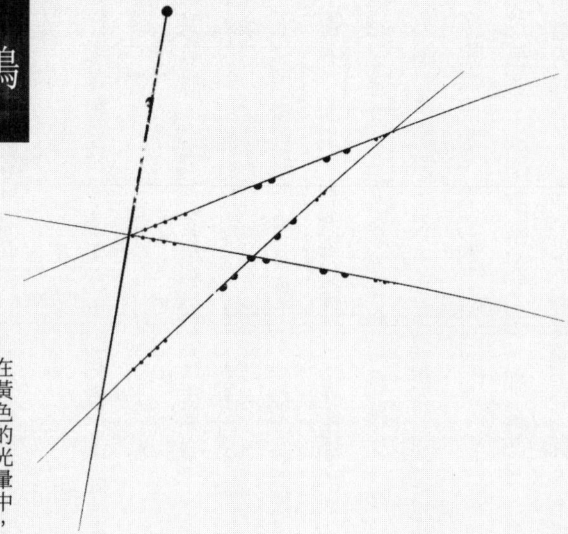

在黃色的光暈中，她已看得很清楚。她的腳下是一個鐵籠。
籠子齊著小腿高。而裡面，有一些慌張的黑色的眼睛。

是金馬倫道的出口，B出口。不不，應該是A2出口。拐上赫德道。你看見了嗎？

看見什麼？張夏將手機夾在下巴和脖子中間，艱難地將行李箱一級一級地拉上臺階。

一個文具店，外面賣香燭什麼的。你看見了，就一直往前走。

哦，看見了。張夏聽見郭一悅的聲音又模糊了一點兒。這時候天空響過一聲雷。天氣預報看來並沒有食言，一場暴雨是小不了了。

嗯，接著往前走，有個地產仲介，在旁邊的路口，向右轉。

張夏走過這間很小的鋪頭，呼啦啦跑出一男兩女，攔在她面前。她一怔。男人拿出一疊傳單，說，小姐進來看看吧。小姐要租房嗎，我們這裡的房源，大概是九龍數一數二的了。

張夏搖搖頭，對方眼睛黯下去，卻突然又一亮，說，小姐，是要買房嗎。看小姐的打扮，是北方來的有錢人。真人不露相嘛。投資香港的房地產，是最有遠見的。現在買還來得及，你看，眼看就要超過九七的時候啦。快點落手，放心，高處未夠高，只升不降，美國那邊的利息那麼低……

張夏終於打斷他，問，你知道「萬年青旅社」怎麼走麼？

男人的臉色木了一下，沒有說話，然後對身後兩個女孩不耐煩地說，回去做事。

說完，自己也遁進了鋪頭裡去了。

張夏擦了一把汗，聽到電話又響起來。

走到哪兒了，看見粥粉店了嗎？

沒有……剛才耽誤了。你說，粥粉店？

是，「裕記」粥粉店。門口有個大大的「粥」字。凌羽說過這一家，他總是從這家叫外賣。

哦，我看見了。張夏向店裡望了一眼。一個很老的老先生，手裡拿著點菜紙，正在給客人落單。這時候突然偏過頭，與張夏的視線對上，目光如隼。張夏低下頭。

你接著往前走吧。看到一個很小的巷子，在右手，穿過去。

張夏張了張口，看著面前狹長的巷口，已經被青磚一層層地碼到了半人高，堵上了。巷口很曲折，看不到盡頭的光亮。

她說，過不去了。

過不去？張夏聽到郭一悅急促的呼吸聲。凌羽的日記上是這麼寫的。怎麼會過不去呢？

堵上了。哦，你等等。

張夏看到，在靠近巷口七八米的地方，圍牆上有一個缺口。缺口是最近被砸開的。看得出手法粗暴，磚茬還很新鮮。張夏跨過去，發現斜對角的牆上也有一個缺口，正通往被堵住的小巷。這個缺口更小一些，更類似一個不規則的洞。洞的旁邊，倒是有綠顏色的油漆畫了一個碩大的箭頭，箭頭的另一端寫著「萬年青旅社」。

張夏怔怔地看著，油漆因為太過濃重，懸在筆畫上滴掛下來。這時候，天上又響起一個炸雷。她才醒過神，回過頭拎箱子。

雨開始落下來，密集地打在她身上。電話又響起，她匆促地說了一聲，找到了。就把電話按掉了。

張夏濕漉漉地出現在「萬年青旅社」的門口，同時打了一個噴嚏。她沒想到，這個旅館的正門會在這個破落唐樓的第三層。

門很小，大約只是任何一個公寓通常的門的一個半大，鐵柵緊閉。但是門上方「萬年青」三個字，卻鑲著五顏六色的霓虹。光斑星星點點，依著逆時針流動，在這漆黑的甬道裡，是讓人費解的熱情。

她終於敲了門。沒人應。這才發現門把手上有一個電鈴按鈕。

她按下去，「啪」的一聲響，門打開了。

張夏推開門，赫然看見門背後站著一個人。長頭髮遮著半邊臉。她抓住行李箱的手，禁不住抖動了一下。

那個人同時間趔趄著後退了一下，嘴裡發出尖利的聲音：好心來給你開門，倒被你嚇了一大跳。

張夏聽出了濃重的東北口音。這口音中的憨直，瞬間給了她許多安慰。她說，對不起。

對面的人，將長髮撩開，原來也是一張很年輕的臉。眼袋上瘀著青，前一天晚上應該沒有睡好。

鄭可以。女孩報出名號，一邊伸出手來。張夏也伸出手。但女孩並沒有要握一握的意思，而是繞到了她身後，為她拎起了行李箱。一邊開口朝屋裡喊：Aunty Lulu……

因為光線黯淡，張夏看不清楚走過來的人。身形看上去有些走樣。走近了，是個中年女人。似乎又看不清楚年紀。

先來登個記吧。女人的聲音很低沉。

張夏跟上她，聽到她的緞面旗袍因為摩擦，發出簌簌的聲響。到了明處，張夏看出這件旗袍應該也有了年歲，松綠色已經磨得有些發灰。

女人戴上了一副金絲眼鏡，問，叫什麼名字？

張夏。

哦，前天在網上預訂過的。女人打開了一本簿子。

嗯。我要三〇九房間。

那個房間，已經住了人了。換一間吧。

哦，那三〇九的客人住到什麼時候？

他是長租，你換個房間吧。

哦。

這時候，女人摘掉了眼鏡，抬起頭。目光落在張夏身上。

看到你們這些年輕人，真好。她說，同時臉掛著柔和萬種的笑。因為塗了很厚的粉，這笑容有些僵，但到底將她有些堅硬的臉部輪廓融化了。

你也很年輕啊。張夏脫口而出，同時讓自己吃驚了一下。

女人的眼睛閃動，收斂了笑容，說，我？

張夏慌亂間，又打了一個噴嚏，難堪地用手掩住了嘴。女人說，淋了雨可要當心。我去給你泡杯薑茶吧。你收拾收拾，去洗個熱水澡。

張夏望著她用手攏了一下沉甸甸的髮髻，轉身離開。張夏追了一句，請問，怎麼稱呼您？

女人並沒有回頭，用低沉的聲音應她，你叫我露姨吧，熟人們都叫我Lulu。

雨打在窗戶玻璃上，發出頻密堅實的響聲。外面的天泛著紅，張夏可以看見近旁的一棵榕樹，茂盛的枝葉被風颳得左右晃動。好像一個人，被掐住了脖子，猛烈地搖撼。

張夏在沙發慢慢坐下來。眼睛適應了光線，室內景物也漸漸清晰。其實都是很普通的陳設。老廣東人家常有的木家具，看得出殘舊，但是潔淨。條几供著神龕，並不見香火。關二爺跟前是兩只紅色電燈泡，權當是蠟燭。櫃檯上擺著一只鐵皮風扇，搖著頭，嘶嘶地響動。風吹過來，有些燠熱，反倒更悶了。

這時候有人喚她。鄭可以拿了一塊毛巾遞給她，說，擦擦吧，別著涼了。

毛巾上有新鮮的檸檬的味道。張夏抬起頭，感激地望她一眼。女孩的兩頰，看得見有些飽滿的青春痘，像赤紅色的小火山，一觸即發。張夏就想，這個看上去粗枝大葉的女孩，或許是很細心的。

鄭可以手裡拿著一卷一指寬的膠帶，很俐落地撕開，用剪刀剪斷，然後貼到窗戶玻璃上去。貼成了交叉的形狀。看她在看，就回頭笑一笑，說，沒見過這麼厲害的颱風吧？這才八號風球，等掛到十號，那才叫好看。

她停一停，又說，不過我在老家也沒見過。到了這鬼地方，真是開眼了。

張夏擱下手中的杯子，問道：你來了香港多久？

鄭可以沉默了一下，說，四年了。我是跟我爸媽移民過來的，投資移民。他們來了，就離婚了。

張夏又有些不安，其實，她沒想到很家常的問話，會觸碰到別人的私生活。

鄭可以並沒有看到她的表情，自顧自地說下去，我在這兒，就可以不見到他們。

張夏輕輕問，你為什麼要住這裡？

鄭可以笑一笑，說，香港的酒店，恐怕沒有他們找不到的。這兒可不一樣，死在這裡都沒人知道。

張夏心裡一動，揚起臉看她。女孩仍然輕描淡寫地說話，突然間用手摸一摸張夏的頭髮，說，這麼大的人，怎麼頭髮都擦不乾？

洗了澡，張夏坐在房間裡，打開了電腦。

這麼老舊的地方，居然也有Wi-Fi。但是密碼很奇怪，很長，是兩個重疊的英文詞，「coturnixcoturnix」。

郭一悅果然在MSN上等她。見她上線，消息也發過來了，住下了？

嗯。

三〇九？

沒有，說是被別人租了。

對方隔了好一會兒，才發了一句話過來，說，你得想辦法到三〇九看看。

可是，我進不去。

你自己想辦法。郭一悅的口氣，突然很堅硬。

張夏環顧了一下這個十平米不到的房間，嘆了口氣。牆上有些經年氤氳的黃色水跡，蜿蜿蜒蜒地走到了床頭，消失了。

這時候，有人敲門，張夏聽見是鄭可以的聲音。鄭可以說，露姨煮了晚飯，叫她一起來吃。

她應了一聲，同時在MSN對話框飛快地打下一行字：coturnix是什麼意思？

鵪鶉。對方的回覆也很快。

什麼？

鵪鶉。郭一悅說，這麼偏門的英文詞，我當年的托福單詞沒有白背。

張夏走到飯廳裡，發現除了露姨和鄭可以，還坐著一個人。是個臉色瓷白的女孩。這張臉看上去不怎麼健康，因為白得有些暗沉和虛弱。她看了張夏一眼，並沒有停止手裡的動作。她用叉子叉起一根芥蘭，放到了碗裡。然後將叉子迎著光端詳。

張夏站在原地，有些不知所措。

鄭可以對女孩說，韓小白，你挪一挪凳子，沒看到有人來了嗎？

韓小白挪了一下凳子，然後把芥蘭叉起來，開始咀嚼。露姨讓張夏坐下來，然後盛了一碗湯，讓她先喝。說夜裡涼了，所以煲了淮山豬骨湯，暖一暖胃。

平心而論，露姨的菜，燒得很不錯。因為郭一悅嫁了個佛山人，張夏對粵菜並不陌生。廣東菜因為佐料放得少，要求提取原料本身的鮮甜。但手勢不好，往往就失之寡淡。露姨的西檸雞和清炒蝦球，都是很地道的。張夏吃著吃著，心裡也有些放鬆了。

張夏，你從哪裡來？鄭可以問。

南京。張夏放下了手中的碗。

那你離韓小白不遠，她是無錫的。

韓小白並沒有抬頭。她正細細地將一只蝦球上的薑絲，用叉子一點點地撥下來。

南京，我許多年前去過。露姨說，你們那裡的鹽水鴨，味道好得不得了。還有一家老字號，叫馬祥興，賣一種「美人肝」，也是鮮掉眉毛的。

張夏這才覺得，露姨並不是個寡言的人。並且，當她話說得比較多，廣東腔的普通話，其實帶了其他地方的口音。她敏感於這一點，抬頭望一望露姨。露姨換掉了旗袍，穿了件很家常的棉布衣服，但仍然勾勒出她飽滿的胸部。張夏有些心虛地低頭看看自己，然後發現，露姨把碩大的髮髻，也藏到一只孔雀藍的睡帽裡了。

夜裡，張夏躺在床上，聞得到房間淡淡的霉味。

外面大風大雨，睡不著。

她翻了一下身，不小心，膝蓋碰到了牆上，發出了一聲鈍響。

原來，牆壁是由厚木板隔成。她輕輕地觸摸，指甲在牆上滑過。突然間，不自覺地，她的手指在這板壁上彈動了一下，又一下。

這彈動開始連貫起來，形成了某種節奏。她在這牆上彈起了某種節奏。高低，起伏，錯落。她一時間有些恍惚，覺得自己的手失去了控制，因為她並不知道自己在彈什麼。她終於停了下來。

然而，就在這時，她聽到了木板的另一側，也就是隔壁，出現了一些聲音。是一種試探的聲響，也是，手指的彈動，若隱若現。忽而清晰起來，連貫起來。

她終於聽清楚，這是在重複她剛才彈動的節奏，竟然與剛才分毫不差。她屏住了呼吸，聽隔壁將這支旋律不加猶豫地、完整地彈完了。這時候，她才忽然間有些吃驚，又有些怕。她躺在黑暗裡，一動也不敢動，不敢發出任何的聲響。而隔壁也一樣，安靜的好像剛才什麼也沒有發生過。

張夏突然冒出了一個念頭，是不是某種幻覺。就在這時，她想起來剛才這支旋律的出處。她感到自己的身體僵了一下，瞬間，淚流滿面。

第二天的清晨，門鈴急促地響了。

當時，所有人正在吃早餐。張夏看見一個水淋淋的人突然出現。他穿了一件簡易的塑膠雨衣。因為身形的高大，雨衣不適宜地吊在膝蓋上，看起來就有些滑稽。

他將雨衣的帽子掀起來，是一張青年男人的臉。雖然疲態叢生，五官還是看得出十分俊朗。

鄭可以停止了咀嚼，支吾不清地說，怎麼到現在才回來？

青年木著臉，有些不耐煩，昨天風球掛了十號，路面交通全都停了。我在外面待了一夜。

大家都注意到他的腳下滴滴答答，漸漸形成了一汪小潭。露姨呼叫了一聲，就站起身，快步跑去了盥洗室，拎了拖把，一邊將這個人往外推。說，阿牧，快出去，脫了雨衣再進來。地板都給你弄濕了。

青年將雨衣撕扯下來，扔在旁邊的垃圾桶裡，說，瞓死了，我要睡覺去。

他高大的背影，消失在走廊拐角。露姨愣著身，突然遙遙地喊，洗個澡再睡。

他是露姨的兒子嗎？張夏輕輕問。

不，他也是房客，叫游牧。鄭可以也輕輕地回答。

然而，露姨聽得一清二楚，說，我可養不出這種兒子，一百個不聽話，養這樣的，不如養塊叉燒。

到了下午兩點的時候，張夏還在尖沙咀一帶遊蕩。因為郭一悅告訴她，她不能整天待在旅館裡。她應該讓別人覺得，她還有些其他的事情可做。

其實，她並沒有其他的事情可做。她在海邊的藝術中心，看了一個展覽。是關於古印度的梵畫。她看見毗濕奴，阿修羅，濕婆以及說不清的神祇，盤桓，跳躍，靜坐，都在絢麗的佈景中。但是似乎又要遷就方寸間的畫布、織錦，只好採取各種難受彆扭的姿勢。她突然想，也許瑜伽就是由此而來。想過了又覺得自己褻瀆，就搖搖頭，將這些想法驅逐出去。

她沿著彌敦道，漫無目的地走。颱風似乎就算過去了，出奇地出了很大的太陽。陽光澆到身上，是酥麻的熱。昨夜的一切了無痕跡。這城市，太容易在瞬間變得乾淨，整齊。她在清真寺的臺階上坐了一會兒，看見人群照樣熙熙攘攘地從地鐵口裡魚貫而出。她又去了Sasa化妝品店，很多人圍上來，開始為她推薦新一季的桑子紅唇彩。她受驚一樣，快步走了出來。張夏就在這時看見了一幢灰撲撲的樓，下面寫著「重慶大廈」四個字。她有些恍惚，當終於意識到這就是那個著名的電影取景地，不免有些錯愕。並非是因為它的殘破，而是，這個大廈在她的印象中，應該有些邪惡、偏狹，甚至隱祕而淫靡。但此刻，它身處鬧市，像個淳樸中正的老輩人。她終於走到它跟前去，向裡張望。這時候，走出了幾個面色黧黑的男人，一色是南亞裔的模樣。他們看她一眼，突然也站定了，饒有興味地打量，同時嘴裡快速說著她聽不懂的話。目光交接之下，她終於選擇了退縮，很快地轉身走掉了。

回到旅館，她打開門，希望並沒有人出現。露姨給她一把大門鑰匙，這樣每個人都沒有打擾別人的理由。

她打開門，看見青年男人，光著上身。正彎著腰，不知道忙什麼。她看見他，正把一些書從中間打開，然後鋪在窗臺上去。窗口外的榕樹，有一枝很粗的枝椏，被昨夜的大風吹折了。拗斷的胳膊一樣，無力垂掛。看得見青白的傷口，有薄弱的樹皮連接。

她正拿不準自己是否應該打個招呼。對方已經發現了她，轉過頭來，對她笑一笑，露出很白的牙齒。然後他伸出手，說，你好，游牧。你叫什麼。

他並沒有因為身體的赤裸而不好意思，這對她多少是鼓勵。她就抬起頭，也握了他的手，說，我叫張夏。

這手裡有很厚的手汗。她看看他，臉有些浮腫，下巴上有淺淺的青色鬍茬。應該是剛睡醒沒有很久。

她問他，你在幹什麼。

曬書。游牧說，昨天雨太大，滲進屋子裡，床頭的書都打濕了。

她走過去。看見一本攤開的圖冊上，是一張照片。背景藍得很透的天，下面是一座堂皇的建築。粉白的牆，赤金色的屋頂層層錯落，懸掛著紅色或者藍色的布幔，有些繁複的花紋與文字。還有一些人，站在門口，看起來是十分渺小的。

她問他，這是哪裡？

游牧掃一眼，說，桑耶寺。

桑耶。她重複了一下這個名字。

他說，是，西藏的一個寺廟，在雅魯藏布江北岸。你去過西藏嗎？

她搖搖頭。

這是它的主殿「烏孜」，另外還有四塔，十二神殿。

張夏看著圖片上藍色的天，因為被水浸潤過，有些發紫，又有些發皺。

她問游牧，「桑耶」是藏語麼？

游牧笑笑說，是，你能猜出是什麼意思嗎？

張夏又搖搖頭，說，猜不出，應該是好的意思吧。類似「神聖」、「壯大」之類的。

游牧說，呵呵，其實只是他們一個國王的口頭禪。當年吐蕃王請了密宗大師蓮花生來幫忙建寺，又等不及要看寺廟的模樣。蓮花生就在手心裡變出了一個寺廟的幻影，應該還是三維立體的吧。哈哈。國王就驚呼說，「桑耶！」在藏語裡是「不可思議」的意思。

游牧捂著胸口，突然瞪大眼睛，叫了一聲，桑耶。

張夏也就笑了。她下意識地伸出手，想去打開畫冊的下一頁。但是畫冊卻黏在了一起，打不開了。

下一頁是納木措的秋天。游牧說。

張夏一時不知說什麼。她看到幾本沒有打開的書。有《藏地牛皮書》、英文版的LP，還有一本《消失的地平線》。她說，你的書，都是說西藏的。

他說，我去過五次西藏。不知道下次什麼時候去，所以把這些書都帶著，隨時準備開拔。

說完，他弓下背，拿起一本書，打開，鋪在窗臺上。張夏看見他肩胛上的肌肉，輕輕律動一下，又一下。

晚上，郭一悅沒有在MSN上。張夏打開Facebook。發現順利得過分，因為不需要翻牆了。網頁上有一些熟悉的頭像，這裡也很安靜。

她突然蝕心地乏。終於躺下，很快就睡覺了。

到了半夜的時候，她被一些聲音驚醒。她睜開眼睛，在黑暗中分辨。這聲音不大，十分細碎。當她的聽覺也清醒過來，她漸漸辨認出，是隔壁傳過來。很輕。她將耳朵貼到牆壁上，聽到了類似嬰兒啼哭的聲音。綿軟，時斷時續，但是堅定地哭。她抬起手，猶豫了一下，終於在牆壁上敲下去。

隔壁急促地響動了一下，恢復了寧靜。

張夏想一想，輕輕地，敲起了昨天夜裡的節奏。

沒有回應。

清晨的時候，她走到飯廳裡，看到鄭可以正將自己使勁地套進一件十分臃腫的灰色條紋的厚重外套裡。看見她，趕忙招手，說，快點兒，來幫我一下。

張夏走過去，幫她把後面的拉鍊拉上。這個體型豐腴的女孩兒，讓這個簡單的動作變得吃力。

鄭可以回過頭。張夏看到她臉脹得通紅，掛著一層汗。

鄭可以有些不滿地看她，你都不問問我在幹什麼？你從來都那麼沒有好奇心嗎？

張夏囁嚅了一下，問，你在幹什麼？

鄭可以這才從地上撿起一個很大的頭套，卡到自己的頭上。

龍貓。

張夏聽見頭套裡發出鄭可以空洞而憋悶的聲音，我這是揚長避短，這個打扮，誰也看不到我的痘痘。

她取下了頭套，長舒了一口氣，說，今天是香港的Cosplay年展，在會展中心。你不如跟我去開開眼。順便也扮個鄉土美少女什麼的。

她還在舉棋不定。這時候露姨捧著一杯茶，款款走到她跟前，說，去吧。趁著年輕，多玩玩。老了就玩不動了。我在你們這個年紀……

鄭可以很粗魯地打斷她，說，露姨，你又要嘆當年經了。

露姨好脾氣地不再說話，笑笑，攏一攏披肩往櫃檯的方向走過去。經過的時候，張夏聞見有一陣木樨的香味，和著體溫，從她的香雲紗旗袍裡滲透出來。

露姨。張夏喚住這個婦人。

嗯？露姨含笑望著她。

她張一張口，終於問，我隔壁，走廊盡頭，住的是誰？

露姨看了她一眼，說，那個房間，沒人住。

在會展，張夏接到了郭一悅的電話。當時一個扮成了早乙女亂馬的半大男孩子，正用蹩腳的普通話跟她搭訕。

郭一悅說，你在哪裡，怎麼這麼吵。

她說，一個Cosplay的展覽。

郭一悅沉默了一下，用冰冷的聲音說，你居然有心情玩這個。這真讓我意想不到。晚上MSN談吧。記住，你的簽證快要到期了。

張夏和鄭可以回來的時候，已經過了晚飯的時間。屋裡有濃郁的蝦醬的味道。露姨喜歡用這種香港土產的蝦醬炒通菜。這種蝦醬的有一股子腥臭，可是下了鍋炒出來，卻是厚得不得了的異香。可以送得下三大碗飯。

鄭可以嗅了嗅鼻子，說，好像來到了大排檔。

露姨走了出來，臉上含著笑，說，大排檔哪裡有鬆餅吃。還附送絲襪奶茶。

張夏看著她將一套琺瑯瓷的茶具放在桌上。後面跟著韓小白。韓小白端著一盤鬆餅，走到張夏跟前，面無表情。鄭可以說，希望這次煉奶少放些。韓小白嘴角上揚了一下，突然笑了。掃了她一眼，沒說話。

張夏端起一杯茶，指尖有溫熱滑膩的觸感。禁不住多瞧了瞧這只茶杯。金邊底下，描著繁複的鳶尾花。每朵花的花瓣都融進了另一朵紫色中間去，在脆弱的白瓷上，重重疊疊的一圈，好像茂盛得開不盡。

喜歡嗎？露姨的聲音很輕。但她看得入神，不禁一驚。

露姨說，這套瓷器可有年頭了。那時候我還在上海。說起來，比起從前，現在的人，活得真是沒意思。那時候，錢是真的錢，愛也是真的愛。有個人知道我喜歡梵谷。訂了這套瓷器，從西班牙運過來。掐算準了日子，運到了。正好是我生日的前一天。

鄭可以停止了咀嚼，用含義複雜的聲調說，要不要這麼浪漫。

露姨說，你們小孩子，哪裡懂。那時候，還是有些人，會為你一心一意的。

鄭可以說，那你們在一起了嗎？

露姨說，你說呢。在一起，還有誰會給你們炒通菜吃。

回到房間，張夏才感到了疲憊。她躺在床上，闔一下眼睛。突然感到臉上一陣涼，原來有一滴水滴到她的面頰上。

她向天花板望上去，看到一隻壁虎，飛快地爬動了一下。爬到了窗口，離她更近了些。她幾乎可以看到它的眼睛，不合比例的大。黑而晶亮。她第一次看到這樣的壁虎，似乎與老家見到的不一樣。老家的壁虎是修長皮膚粗糙的。而這隻壁虎是透明的粉色，尾巴上看得見青藍的血管。牠抬了一下頭，好像也在端詳她。她想，這可能是出生沒有太久的一隻，在前天的颱風夜進到了屋子裡來。這樣想著，她突然覺得自己沒有這麼孤獨了。

就在這時，電話突然響起來。她看到是郭一悅的號碼，一個激靈[1]坐了起來。就在這一瞬間，壁虎飛快地鑽到寫字檯的縫隙裡去了。

郭一悅在MSN上留了幾條信息。她或許已經有些不耐煩了。

她上了線。郭一悅說，新生的嬰兒簡直讓人發了瘋。請原諒實在沒辦法心平氣和。

1 受驚嚇而猛然顫抖。

她說，沒關係。

郭一悅說，你最好找找他有沒有留下什麼東西。即使無緣故地消失了，但總有些東西會留下來。

她愣愣地看著屏幕，終於打了一行字：你真的覺得我們不應該報警嗎？

郭一悅也猶豫了一下，她感覺得到對方在字斟句酌。但這句話還是讓她的心顫抖了一下：在孤兒院的時候，你報過一次警。還記得後果嗎？

這天的夜裡，格外的安靜。她幾乎聽得見遠處的海，間或傳來一兩聲郵輪汽笛的聲音。

無緣由地，她腦海裡浮現出一張男人的臉。但是出其不意，竟是那麼模糊。她翻了一下身。這張臉破碎了，清晰地浮現出另一張。是個小男孩，留著極短的平頭，皺巴巴的紅領巾。眼睛很亮，卻蹙著眉頭。小男孩搔了搔自己的頭，定定地望她一眼，跑遠了。

朦朧間，她又聽見了那個聲音。細碎地騷動，如嗚咽，在同一個頻率上，沒有停止。偶爾有尖利的、在牆上碰撞的聲音。她敲了一下牆壁，聲音並沒有停止，變得更為密集。在黑暗裡，似乎蔓延開來，透過了牆壁，在她心上擊打了一下。

她屏住呼吸，坐起了身。手碰到了電燈的開關，卻又慢慢放下來。她披上了衣服，摸索著，從旅行包裡拿出一隻很小的手電筒。下了床。

她終於站在隔壁房間的門口，已經在幾分鐘後。她終究還是有些膽怯，所以當自己屈起手指，在門上敲了敲，竟然本能地後退了一下。

沒有回應。什麼也沒有。

她將耳朵貼在門上，同時右手握住了銅製的把手，旋動。

門打開了。

這是一個沒有窗戶的房間。

門在身後被輕輕掩上。她突然就置身於一片密實的黑當中。黑得如此徹底，一絲光都不曾進入。她已經忘記了恐懼。因為同時間，一種奇異的氣味襲入了她的鼻腔。這是一種難以形容的氣味。但她還是努力地辨識了一下。並不很難聞，是一些毛皮的味道，有些新鮮的腐敗。又或者，是混著淡淡的腥羶。

她挪動了一下。她的腳觸碰到了什麼東西，發出輕微的金屬碰撞的聲響。同時有撲啦啦的震動。她手顫抖了一下，擰亮了手電筒。

在黃色的光暈中，她已看得很清楚。她的腳下是一個鐵籠。籠子齊著小腿高。而裡面，有一些慌張的黑色的眼睛。

是一些鳥。有些，還在拍打著翅膀，因為剛才的驚嚇，在牆上投下了跳動的影。而另一些，畏縮地擠在一起，用自己渾圓的身體，填補籠子的角落。甚至，將頭深深埋進棕灰色的、晦暗的羽毛裡去。

這是一籠鵪鶉。

張夏用手電筒掃了一下四周。這個房間像是任何一個正常的儲藏室。有成沓的紙皮，是壓扁了的空調或者是冰箱的包裝盒。一輛看上去破舊，但似乎並不骯髒的腳踏車。還有色澤明豔的女鞋，凌亂地擺在塌了一半的塑膠鞋架上。有一隻高跟鞋鑲嵌了水鑽，在暗夜裡亮得十分異樣，躺在她腳邊。鞋身長而寬闊，像廢棄的船。

張夏再次將手電筒照向籠子的方向。那些鵪鶉驚怯地彼此擠得更緊了一些。有的抬起頭來，也是怯懦的，而目光似乎在和張夏對視。

張夏定定地看著它們，並沒有注意到背後的門已經被推開了。

她熄滅手電筒，準備轉身走出去。才看見身後的月光拉長了一道影，正和自己的影子重疊。她本能地猛回過頭，看見一張蒼白的臉。

韓小白穿著齊膝的睡袍，面色蒼白。

她望著張夏，用克制而堅定的聲音說，跟我來。

走進韓小白的房間。並沒有打開燈，但月光足以讓張夏辨認出，對方眉目間的緊張。

我知道，你是來找他的。韓小白輕輕地說，

張夏愣了一下，聞到空氣中隱隱的茉莉味道，在鼻腔盤桓了一下，漸漸濃重起來。

韓小白靠近了她，似乎在端詳她五官中的細微之處。這個女孩兒深深看她一眼，然後說，我知道，不會只有我一個人在找他。

她終於抬起頭，虛弱地打量韓小白，問，你在說誰。

韓小白無聲地笑了，鼻子皺一下，然後將手指放在桌子上開始彈動。開始是有些神經質的，突然流暢起來，清晰起來。當一瞬間安靜下來時，張夏張了張嘴，終於鼓起勇氣，那天在隔壁，是你。

《動物狂歡節》「大象」這一節，是凌羽最喜歡的。她聽見了韓小白的抽噎，這張臉籠在月光中，輪廓突如其來地柔軟。

我和你一樣，想知道發生了什麼。張夏聽到她說。

張夏竭力讓自己清醒。她手心冰冷，體內的某個部分卻漸漸熾熱。

你是什麼人？她問，聲音輕得如同自問。

韓小白嘴角動了一下，出現了譏誚的表情，反問她，你又是什麼人。

張夏猶豫了一下，終於說，我是凌羽的未婚妻。

韓小白抬起頭，望她的眼睛。似乎在辨認。半晌，終於嘆一口氣，說，那麼，我是誰，就更不重要了。

所以，你是怎麼找到這裡來的？她拽緊了睡袍的邊緣，似乎有些不甘心。

張夏說，我的一個朋友，不，其實是我和凌羽共同的朋友。發現了凌羽在Facebook上的留言。提到了這個旅館。

韓小白冷笑了一下，笑得很苦。她的聲音有些發澀，看來，我們是殊途同歸了。

張夏說，凌羽……沒有對我提到過你。

韓小白沉默了一下，說，我並沒見過他。在這個群組會認識很多人，我只是其中一個。當時我正準備自殺。他阻止了我，用一張照片。

嗯，他拍過很多照片，都很美。張夏說。她看到了窗外的月亮，十分清晰，是下弦月。

韓小白說，不，是一張天葬的照片。我不知他是怎麼拍的。很清楚，我一輩子都忘不了。一群禿鷲圍著屍塊，大腿上的血管已經發紫。還有那顆頭顱，很滑稽，一隻眼睛緊閉，可另隻眼睛睜著。我一輩子也忘不了。

張夏一陣噁心。一塊霾慢慢地游過來，蓋住了部分的月亮。

韓小白說，總之，看了那張照片，我再也不想死了。

張夏想起了郭一悅的話。又看了看眼前的女孩子。她仍然無法確信，一切確有其事。但是，事情似乎比她想得更為簡單，也更為荒誕。她無聲地作了五個字的口型。

韓小白立即意會，是的，「愛比死更冷」。

張夏摘下脖子上的那只木頭掛飾，上面是「L&D」的字樣。

韓小白打開抽屜，拿出了同樣的掛飾。但是，卻被她做了改造，在上面鑲嵌了微型的 Hello Kitty。她說，這是通關手語，這個群組加密之後，視頻上只有同時出現成員的臉模和這個東西，才能進入。

張夏說，所以，這是他生活的另一部分。我不知道，他也不想我知道。

韓小白並不想接她的話，只是說，如果我是你，會報警。一個人不可能就這樣憑空消失了。一個半月了。

張夏突然一陣虛弱，她坐在了韓小白的床上，搖搖頭，說，他不會喜歡我這樣做，如果他還活著。我曾經為他報過一次警，那時候我們都還小。準備領養的夫婦因此放棄了他。過了五年，那個商人帶他去了香港。可是，在他十六歲的時候，養父死在一個颱風天。他是去年回來的，向我求婚。他說，他注定是個孤兒，直到我答應他。

韓小白皺了皺眉頭，說，這是個俗套的故事。不過，我得承認還是動人的。

兩個人都沒有再說話。她們看著彼此，卻又垂下了頭。似乎有難言的尷尬。遠處突然有淒厲的貓的叫聲，打破了靜寂。然後是廝打，磚瓦碰撞的聲音。她們幾乎都聽見了，凜凜的樹影的晃動，有一隻貓落荒而逃。

韓小白突然笑了。她坐下來，緊挨著張夏。她將張夏的頭攬過來，放在自己肩膀上。儘管她比張夏其實要嬌小些，這時似乎一切都恰如其分。她們這樣坐了一會兒。韓小白說，我們要相信，他還活著。並且，就在香港。

張夏側過頭，看她無表情的臉，聽見她用很清晰的聲音說，知道嗎，我每天都去看那些鵪鶉，牠們每天都在減少。

她們是在兩天後看見那隻死鵪鶉的。韓小白敲開張夏的門，鋪開一張報紙。告訴她，是在門口的垃圾箱裡發現了牠。她剝開包裹在外面的「惠康」超市的塑膠袋。張夏看到了那隻死去的鳥，羽毛凌亂，僵硬著身體，腳爪彎曲。眼瞼晦暗地闔著，似乎與任何一隻死鳥沒有區別。或許只是看上去瘦些。

韓小白眼裡的光黯淡下去，她拿起一支一次性的筷子，捅了一下鵪鶉。

這時候，她們都看到一些微綠色的液體，從鵪鶉的傷口流淌出來。

韓小白張了張嘴，問她，鵪鶉的血是綠色的嗎？

張夏搖搖頭。她想，她只見過燒烤店裡的油炸鵪鶉，焦黃色的鳥的屍體，沒有頭。一根竹籤，從屁股到頸子貫穿過去。但那已經是熟的，所以她不確定血的顏色。

晚上，只有三個人吃飯。幾天沒有見到游牧了。露姨端上來一鍋湯。給每人盛了一碗。很香，但味道並沒有雞湯濃厚，有些清冽的苦。露姨說，苦就對了，我放了當歸，黃芪和薏米。廣東人講究食補，這個方子最是安神去濕。還要不要一碗？

張夏點點頭。

露姨掀開了砂鍋。張夏赫然看到臥在鍋底的一隻鳥。比雞小得多，頭曲到了頸子裡，肉已被燉得稀爛。張夏愣了一下，胃裡一陣酸泛上來。她捂著嘴巴，跑到洗手間去。翻江倒海，不可克制將湯水噴湧出來。

她回到座位上，看到對面的韓小白，用嚴厲的眼神看她，然後繼續埋頭喝湯，甚至喝出了聲響。

鄭可以輕輕撫了一下她的後背，安慰地說，沒事沒事，這地方興燉乳鴿，你大概是沒吃慣吧。

露姨的湯勺還執在手裡，也有些發呆。這時候才回過神來，去了廚房，回來時捧著一只陶瓷的燉盅。盛滿了湯。又拎出一只竹籃，上面有煙薰火燎的痕跡。她小心地將燉盅放進竹籃裡，蓋上蓋子。對她們點點頭，說，你們先吃，我一會兒回來。

露姨匆匆地出門去了。

張夏望著她的背影，問，露姨去哪裡了？

韓小白面無表情。鄭可以聳一聳肩膀，筷子伸出去，搛起一塊炸魚腩。突然手一抖，魚掉到了桌上。她說，我想起來了，今天是中元節。

中元節是什麼？張夏問。

鄭可以快步走到窗子跟前，打開，向外頭張望。張夏跟過去，手搭在窗臺上，看到夜色裡，遠近有些星星點點的火。再仔細看了，是些人，在路邊燒東西。

鄭可以看出她眼裡的茫然，輕輕說，他們是在燒衣。

燒衣？

嗯，廣東人的風俗，今天是七月十四，要燒金銀衣紙，還要擺祭。

祭誰？

祭死去的人，也祭來往的鬼。

聽到這裡，張夏打了一個寒顫。她聽說過南方的南粵一帶的「鬼節」，原來是在這個時候。陰間打開，鬼魂四散。有主有後的回魂，無主的遊蕩。這路邊的火，便是燒給他們的。

她在這個時候，看到了露姨。露姨走到了院子裡，蹲下，開始將籃子裡的東西，一件件擺出來。她佝僂著身體，蹲得有些吃力。旗袍繃得緊，暴露了身體的輪廓，顯出了老態來。

露姨將一些盤盞一一擺出來，最後小心地端出燉盅，輕輕放在地上。站起來，雙手合十。過了一會兒，又蹲下去，從籃裡拿出一摞紙。擦亮了火柴，燃著了。火光漸漸明亮起來，映在了露姨的臉上。這時候的露姨，看得清楚是個老婦了。張夏想。婦人的面目，有些模糊，看不見表情。但可以感覺到她的專注，她撿起一根樹枝，將火撥得更旺些。

露姨祭的，不是孤魂野鬼。鄭可以揉一揉眼睛，笑笑說，因為她多了一盅湯。

鄭可以。張夏聽到韓小白的聲音，你的東西掉了。

鄭可以回過頭，看見韓小白手裡捧著一串鑰匙。她接過來，說，謝謝。

你這個鑰匙鏈挺別緻。韓小白說。

張夏沒有說話，心裡卻動一下。她看見這鑰匙鏈上的木牌，上面刻著黑色的 L&D。

L&D，是有什麼含義嗎。男朋友的名字？韓小白輕描淡寫地問。

鄭可以愣了一下，答，「Light in the darkness.」誰叫我人生沒有指望。是嗎？韓小白從她手裡又取回了鑰匙鏈，端詳著，眼裡有灼灼的光，一邊說，我怎麼覺得，是「Love is colder than death」？

韓小白走過來，不動聲色。從張夏胸口掏出一只同樣的木牌。

鄭可以先是一驚，很快便鎮定下來，笑一笑說，我知道，不會是我一個人在找他。

張夏覺得有些心悸。

鄭可以搔搔頭髮，說，看來，這個旅館的確有問題，不然不會都找了來。

三個人這樣站著，一時間，都不知再說什麼。外面突然有嘈雜的聲響。然後是狗叫，一陣緊似一陣，聽起來竟是狼吠一樣。有轉動鑰匙的聲音，露姨回來了。

韓小白向大門的方向看了一眼，很快地說，到我房間來。

三個人擠在小小的房間裡，侷促間，仍是面面相覷。終於，還是張夏開了口，所以，你也是這個群組裡的人。

這麼說也沒錯。鄭可以看上去有些心不在焉。她說，不過，我認識凌羽的時候，還沒這個地方。

我們是在一個叫「假正經」的社區裡認識的。「Fake Vanity」，聽過嗎。一個模擬性愛社區。各種情境，一應俱全。我和凌羽，是第一批會員。大概也是時間最長的 friends with benefits。後來，這個社區被駭客摧毀。據說「假正經」讓很多良家婦女出了軌，這個駭客是綠帽子先生之一。然後，我就跟凌羽來到了「愛比死」。

你們，你們見過麼？張夏問，同時間有些目眩。

見過，不多的幾次。凌羽在床上表現一般，比在網絡上的調情稍遜幾籌。鄭可以咬了一下指甲，臉靠近了張夏，知道麼，他是個模擬性愛的高手，三言兩語可以讓你高潮迭起。

張夏感到了自己的抖動。另一隻手緊緊捉住了她，是韓小白的。

我和你們不一樣。鄭可以粗枝大葉，察覺不到身邊的動靜。她同情地看她們一眼，說，我對他談不上愛。但是一個人憑空消失了，總是一件不平常的事情。

那麼，你發現了什麼？韓小白用盡量平靜的聲音說。

嗯。鄭可以抽動了一下鼻子，那個老太婆，我總覺得她有問題。可是，也看不出什麼問題。

所以，你也看到了那些鵪鶉？張夏問。

鄭可以張一下嘴，想要說什麼。這時候，她們聽見了敲門聲。

她們都不敢發出聲音，韓小白最先鎮定下來。她用手撩一下頭髮，準備去開門。三個女孩兒貓在房間裡聊家常，也是最平常不過的事情。

但敲門聲改變了節奏。從勻速開始變得錯落有致，聲音很輕，她們都聽出了其中的旋律。

聖桑的《動物狂歡節》。

「愛比死更冷」群組，周而復始的背景音樂。

鄭可以瞪著眼睛，看韓小白放在門把手上的手，顫動了一下，縮回來。

張夏走過去，擰動它，打開了門。

游牧站在門口，臉上是似笑非笑的神情。

他閃身進來，把門在背後關上。眼睛在三個女孩的臉上一一游動。然後壓低聲音，用略帶戲劇性的腔調說：沒錯，她是有問題。

你，剛才在門口偷聽我們。鄭可以憤怒地站起來

游牧繼續笑，說，我從來不做這麼低端的事情。

他走過來，很紳士地點一下頭，對韓小白說，借過。

韓小白望著他。他雙手仍然插在藍色衛衣的的口袋裡，帽子沒取下來，遮住了臉的輪廓。韓小白站起來，閃到一邊去。

游牧彎下腰，伸出手，將檯燈的罩子擰下來。然後指間變戲法一般，出現了一支小鑷子。他將鑷子伸出燈泡的頂端的卡口位置，輕輕取出一樣東西。

他抬起頭，將這東西迎著光看一看。

張夏問，這是什麼？

Spy camera，俗稱針孔攝像機。游牧好像在自言自語，我在你們每個房間都裝了一個。

鄭可以走過來，揪住他的領子，咬著牙說，你這個變態，那麼你已經把我們看光了。

游牧輕蔑地看她一眼，撥掉她的手，繼續說，除了三〇九房間。我一直沒有辦法進去，那個房間門上了保險鎖。

所以，你很早就知道我們的身分了。韓小白臉冷著，口氣卻十分虛弱。

游牧將那只攝像頭，擲在地上，用腳碾碎了。他說，嗯，但我並不想驚動你們。一來我希望你們能自然地幫我做點事，二來，我的確不太相信諸位的演技。不過，讓我失望的是，你們開始和我爭搶資源。我只好出現了。

資源？

是的，我指的是，那些死鵪鶉。

張夏與韓小白對望了一眼。游牧說，好吧，跟我來，不過記著不要亂說話。

她們走進游牧的房間，的確沒有再說話。

因為她們已說不出話來。

他們好像置身於一個小型的實驗室。

即使這間旅館，並沒有為客人打掃房間的習慣。但是，可以將房間改裝得面目全非，還是令人錯愕。

這似乎是個有潔癖的人，才得容身的地方。她們看一眼舉止大大咧咧的游牧，說不出話來。

顯微鏡，大大小小的試管。牆上貼著一張不知是人還是動物的解剖圖。裡外打了許多猩紅色的箭頭。

一個模樣古怪的透明容器，裝著棕黃的液體。下面燃著酒精燈，咕嘟作響。鄭可以走過去，用手撥了撥容器頎長的手柄。看得見裡面有密佈的水滴，清亮地凝結著。

別動。游牧的聲音十分嚴厲。

這時候，幾個人才醒過神來。

韓小白小心地問，那些鵪鶉呢？

游牧笑一笑。

他走到房間的角落裡，打開一只書櫥，裡面是偽裝得很好的鐵匣子。游牧將它端到了檯子上。

培養箱。游牧給她們每人一副口罩。自己戴上手套，說，演出開始了。

一邊撳下了一個按鈕。

儘管每個人都做好了思想準備。但眼前的情形，還是讓她們的胃痙攣了一下。

培養箱裡臥著數具鳥屍，已腐爛得看不清形狀。牠們的身體上，長了成片赤紅或石青色的絨毛，是新鮮和豔異的。有一棵類似菇類的碩大乳白真菌，挑戰似的幾乎以昂揚的姿態，從一隻鳥的腹部生長出來。

游牧撥動了一下菇柄，將它掐下來，笑笑說，晚上拿它炒炒，又是一盤菜。

你究竟在幹什麼。韓小白臉色煞白，無力地問。

我在幹什麼？張夏看到游牧的一邊臉頰，抽動了一下。

我在幹什麼？游牧又笑了一下，音量忽然低沉，近乎耳語，他答應要和我一起登唐古拉山的，不是嗎？去年在安多，約好的今年八月，當著貢布索卻的面約好的，不是嗎？

游牧的聲音平緩，像是在說一件平常的事情。但是，她們都看著游牧的眼睛閃動了一下，淚水湧了下來，嘴角依然掛著笑。這淚水十分湍急，以至於讓她們來不及反應。

當她們都陷入沉默的時候，游牧用手擦拭了一下自己的臉，說，一個人，不可能平白無故地不見了，他不是個會食言的人。

我想和你們分享一下我的發現。游牧打開電腦，她們看到了眼花繚亂的分子式。在旋轉中，變幻顏色。

聽好了，我對這些鵪鶉的血液做了析出，發現了同樣的東西。而培養基的黴菌成分萃取，也印證了這一點。在這些鳥的體內，血中游離脂肪酸和三酸甘油酯濃度高得不可思議。因此低密度脂蛋白可以滲透到冠狀動脈和其他動脈內膜，形成粥狀硬化斑塊而阻塞血管。血管內皮細胞損壞，心臟功能會減退至衰竭。

鄭可以喊了出來，你是說這些鳥，是得心臟病死的。

游牧皺一下眉頭，似乎很不滿被她打斷，準確地說，是心肌梗塞。

心肌梗塞？張夏的嘴唇抖動了一下，愣愣地盯著韓小白，你說過，這些鳥幾乎每天都在減少。那麼……

那麼，它們可能是某種實驗品。游牧說，每一隻鵪鶉的體內，都有大量的胰島β細胞。過高的胰島素可即時啟動交感神經系統，引起血小板聚集，血管痙攣，阻力增加。如果是實驗的話，這大概是關乎生死的實驗。

你為什麼會知道這些？韓小白狐疑地看游牧，一邊後退了一些。

游牧冷笑了一下，說，只要你想知道。

他沒有再說話，眼神中突然泛起了難以名狀的光。很微弱，像是一種弱小的動物，在看到食物的時候，那一瞬的目光。

張夏將口罩取下來，奇異的氣味擊打了她的鼻腔。那種極度腐敗而凶惡的氣味，從這些已經辨認不出的毛皮裡滲透出來。她走上前，用手撿起一撮類似羽毛的東西。在手指的輕撚間，羽毛化成了略帶黏滯的灰塵。

她用很絕望的聲音說，為什麼會用鵪鶉？

很久後，游牧回答：更好的試驗品，是人。

這時候，他們聽到了鄭可以壓抑的哭聲。他們望著她，面無表情，都希望她能哭得暢快些。代替他們，哭得暢快一些。

這一天的夜裡。

游牧打開監視器，他們看見晚上他們在飯廳裡，熱鬧與安靜的舉動，像是在看一些陌生人。而他們從來沒有發現，在攝像頭的俯視之下，他們坐在一張桌子上，前所未有地真正感到親密。

儘管各懷心事，但他們都比以往更為自然。露姨坐著，也比以往更為安詳。臉上帶著笑，不時起身，為他們盛上一碗湯。又坐定，看著他們，眼神篤定，似乎怕要錯過什麼。像位母親，看著即將闊別的兒女。

游牧調到即時監控檔。屏幕上是走廊裡密實的黑。有一兩點不知來處的光暈，迅速地被這黑吞沒了。他們也坐在黑暗中，只聽到彼此的呼吸。他們挨得這麼近，因為黑暗，忽然不覺得尷尬了。只是房間過於的小，有一些荷爾蒙的氣味悄悄漫溢出來。他們已無暇顧及。

凌晨三點鐘。他們都感到疲累的時候，游牧將她們推醒。他們看到監視器裡，出現了一個身影，穿著白色的寬大的睡袍。這人提著一盞很小的燈，走進了走廊盡頭的房間。他們振作了精神。十五分鐘後，看她走出來，又進了三〇九房間。

五分鐘後。這五分鐘是漫長的，甚至他們都試圖讓它更漫長些。他們不得不做些什麼。「每次，她在裡面只會待上十分鐘。」游牧說。

他們魚貫而出，在暗夜中摸索，甚至踩到前面一個人的鞋跟。走到三〇九房間門口，一切變得簡單。游牧一腳踹開了門。

在昏黃的光線中，露姨正對著他們，臉色木然。她手中是一支注射器，針頭正插進自己的下腹。而她的下半身裸露著。他們都看見了她腿間，垂掛著已萎縮的陽具。

房間裡掛著重重疊疊的旗袍。忽然幻化出了光彩，像是豔異的叢林。

他們向後退去。這時候，聽見露姨的聲音：記得把門關好。

四十年來，這個婦人終未將自己的身體改造完全。但家族遺傳的糖尿病卻如期而至。這種病症，使得她體內的雌性激素的補充性保護變得微不足道，甚至漸成為壽命的威脅。而定期的胰島素的加入，微妙的分量之差都可能帶來猝死。所以，那些鵪鶉，成為她每日藥物平衡的試驗品。但她很清楚，終有一日，她會死於砥礪後的血液凝滯。她選擇了與自己一生的衣物為伴，只是為了死得體面些。

二十七個小時以後，「愛比死更冷」群組中出現了一個消失似乎很久的頭像。凌羽發了一則訊息：肯亞五個星期，看了動物大遷徙。

韓小白面無表情，按下了一個「讚」。

致鐵伊與帕拉尼克，及無信仰的人，二〇一三

龍舟

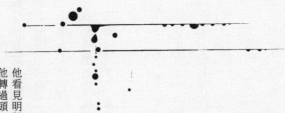

他看見明豔的血從她嘴角流出來。冰涼的液體滴到他背上。
他轉過頭，天花板赤色的裂痕間，正充盈著紅色的細流。

于野的印象裡，香港似乎沒有大片的海。維多利亞港口，在高處看是窄窄的一灣水。到了晚上，燈火闌珊了，船上和碼頭上星星點點的光，把海的輪廓勾勒出來。這時候，才漸漸有了些氣勢。

于野在海邊長大。那是真正的海，一望無際的。漲潮的時候，是驚濤拍岸，不受馴服的水，依著性情東奔西突。轟然的聲音，在人心裡發出壯闊的共鳴。

初到香港的時候，于野還是個小孩子，卻已經會在心裡營造失望的情緒。他對父親說，這海水，像是在洗澡盆裡的。安靜地讓人想去死。

父親很吃驚地聽著九歲的兒子說著悲觀的話。但是他無從對他解釋。

他們住在祖父的宅子裡，等著祖父死。這是很殘酷的事情。于野和這個老人並沒有感情。老人拋棄了大陸的妻兒，在香港另立門戶。一場車禍卻將他在香港的門戶滅絕了。他又成了孑然一人。這時候，他想到了于野的父親。這三十多年未見的兒子是老人唯一的法定繼承人。

祖父冷漠地看著于野，是施捨者的眼神。他卻看到孫子的表情比他更冷漠。

這裡的確是不如五年前了。

于野站在沙灘後的瓦礫堆上，這樣想。他已是個二十歲的年輕男人。說他年輕，甚至還穿著拔萃男校的校服。其實，他在港大已經讀到了第二個年頭。而他又確乎不是個孩子。他靜止地站著，瘦長的站姿裡可以見到一種老成的東西。這老成又是經不起推敲的，二十年冷靜的成長，使他避免了很多的碰撞與打擊，他蒼白的臉，他的眼睛，他臉上淺淺的青春痘疤痕，都見得到未經打磨的稜角。這稜角表現出的不耐，是他這個年紀的。

是，不如五年前了。他想。

哪裡會有這麼多的人，五年前。

中三的時候，于野逃了一次課，在中環碼頭即興地上了一架渡輪，來到這裡。船航行到一半，水照例是死靜的。所以，海風大起來的時候，搖晃中，于野幾乎產生了錯覺，茫茫然感到遠處應該有一座棧橋，再就是紅頂白牆的德國人的建築，鱗次櫛比接成了一線。

沒有。那些都是家鄉的東西。但是，海浪卻是實在的。

靠岸了，香港的一座離島。

于野小心翼翼地走下船，看到衝著碼頭的是一座街市。有一些步伐閒散的人。店鋪也都開著，多的是賣海鮮的鋪頭。已經是黃昏的時候，水族箱裡的活物都有些倦。人也是。一個肥胖的女人，倚著鐵柵欄門在烤生蠔。蠔熟了，發出滋滋的聲響，一面滲出了慘白的汁。女人沒看見似的，依舊烤下去。一條瀨尿蝦蹦出來。于野猶豫了一下，將蝦撿起來，扔進水族箱。蝦落入水裡的聲音很清爽，被女人聽到。女人眼神一凜，挺一下胸脯，對于野罵了一句骯髒的話，乾脆俐落。于野一愣神，逃開了。

一路走過，都是近乎破敗的騎樓，上面有些大而無當的街招。灰撲撲的石板路，走在上面，忽然撲哧一聲響，濺起一些水。于野看一眼打濕的褲腳，有些沮喪。這時候看一個穿著警服的人，騎著一輛電單車，很遲緩地開過來。打量一下他，說，後生仔，沒返學哦，屋企係邊[1]啊。他並不等于野答，又遲緩地開走了。于野望著他的背影，更為沮喪了。

路過一個鋪頭，黑洞洞的，招牌上寫著「源生記」。于野探一下頭，就見很年老的婆婆走出來，見是他。嘴裡發出咄的一聲，又走回去。將鋪頭裡的燈亮起來了。于野看到裡面，幽藍的燈光裡，有一個顏色鮮豔的假人對他微笑。婆婆也對他由衷地笑，露出了黑紅色的牙床。向他招一招手，同時用手指揮了揮近旁的一件衣裳。這是一間壽衣店。

海灘，是在于野沮喪到極點的時候出現的。

于野很意外地看著這片海灘，在瀰漫煙火氣的漫長的街道盡頭出現。

這真是一片好海灘。于野想。

海灘寬闊平整，曲曲折折地蔓延到遠處礁岩的腳底下，掠過了一些暗沉的影。乾淨的白沙，鬆軟細膩，在斜陽裡頭，染成了淺淺的金黃色。好像蛋撻的脆皮最邊緣的一圈的顏色，溫暖均勻。

于野將鞋子脫下來。舀上一些沙子，然後慢慢地傾倒。沙子流下來，在安靜的海和天的背景裡頭，發出簌簌的聲音。猶如沙漏，將時間一點一點地篩落，沒有任何打擾。風吹過來，這些沙終於改變了走向，遠遠地飄過去。一片貝殼落下來，隨即被更多的沙子掩埋。頭頂有一隻海鳥，斜刺下來，發出慘烈的叫聲，又飛走了。

---

1 家住哪裡。

于野在這海灘上坐著，一直坐到天際暗淡。潮漲起來，暗暗地湧動，迫近，海浪聲音漸漸大了。直到他腳底下，于野看自己的鞋子乘著浪頭漂起來。在水中閃動了一下，消失不見。

七年，于野對這座離島的造訪，有如對朋友，需要一些私下、體己的交流。

他通常會避開一些場合，是有意識的擦肩而過。清明、一年一度的太平清醮，佛誕。通常都是隆重的，迎接各色生客與熟客。這離島，是香港人紀念傳統的軟肋。後來回歸了，這裡又變成了駐港部隊的水上跳傘表演基地。每年的國慶，又是一場熱鬧。

海灘是紛繁的，然後又靜寂下來。這時分，才是給知交的。靜寂的時候就屬於于野了。他一個人坐在這靜寂裡，看潮頭起落，水靜風停。

但是，人還是多起來。當于野在一個星期二的早晨，看見混著泡沫的海浪將一只易開罐推到了腳邊，不禁皺了皺眉頭。觀光客，旅行團，在非節假日不斷地遭遇。當他們在海灘上出現的時候，歡天喜地的聲音攙在海風裡吹過來。政府又將海灘開放，帆板與賽艇，在海面上輕浮地劃出弧線。

他終於決定，選擇晚上來。這島上喧騰的體溫，徹底沉頓。穿過燈光閃爍的街市，火黃的一片。在這火黃將盡的時候，就是一片密實的黑了。

這一天，于野站在沙灘後面的瓦礫堆上，遙遙地望過去。看見湧動的人頭，無奈地抖一抖腿。端午這天來，實在是計畫外的事情。父親將那女人接回家裡了。若是她老實地待在醫院裡安胎，于野是不會出門的。

端午，在這座城市，或許是個蕭條的節日。這裡的人，對春夏之交素無好感，悶熱陰濕的天氣，可以在空氣中抓出水來。端午前後，吃粽子，間或會想起屈原這個人。而到了農曆五月初五這一天，平凡人家，通常是輕描淡寫地過去。

所以，于野看見海灘在黃昏的時候，竟然繽紛成了一片，實在出於意表。遠處有些招展的旗幟。有些響亮的吶喊。望得見穿著不同顏色背心的男人扛著龍舟走過來，一面喊著號子。

待這些龍舟在沙灘上穩穩擺定，于野禁不住走近前。這些船，通體刷著極絢爛的色彩。龍的面目可掬，都長著卡通的碩大的眼，一團和氣。龍頭被打扮得花枝招展，纏著紅綢，插著艾草。

于野倏然明白，這是島民一年一度的龍舟競渡。

選手們在岸上熱身。供圍觀的人品頭論足。

一個長者模樣的人，一聲令下，龍舟紛紛入了水。

這時候有鼓樂響起，不很純熟，氣勢卻很大。于野這才看到，岸上的人群中，還有一群年輕的男孩子，站得筆直，雪白色的制服和黑褲。其中卻有兩個，底下穿的是斑斕的蘇格蘭裙。黑紅格的呢裙底下，看得見粗壯的小腿。這大概是這島上應景的樂隊，繼承的也是傳統，卻是來自英倫的。

就在這鼎沸的聲音裡頭，過去十幾分鐘，龍舟遙遙地在海裡立了標竿的地方聚了，那裡才是比賽的起點。

一面鮮紅的大旗，迎風嘩地一搖。就見龍舟爭先恐後地游過來。賽手們拚著氣力，岸上的吶喊響成一片，不知何時又起了喧天的鼓聲。那是船上的鼓手，打著鼓點控制著搖槳的節奏。

一條黃色船，正在領先的位置。鼓手正站在船頭，甩開了胳膊，大著力氣敲鼓，身上無一處不動，洋溢著表演的色彩。

于野在這喧騰裡，有一種不適。但是，他又逼迫自己看下去。很意外地，耳膜在這擊打之下，產生了快感，一觸即破。或者說，其實是甦醒了。在祖父的宅子裡，沉悶幽黯的流年侵蝕下，退化的感覺，在這喧騰噬咬下甦醒了。

于野不禁跟著吶喊了一聲，喊得猛烈而突兀，破了音。他有些羞慚地住了口。但是並沒有人聽見。他的聲音，被聲浪徹底地吞沒。

這時候，海天相接的地方，波動起來。亮起了火燒一樣的顏色，是夕陽墜落。龍舟們行進得越發地快，好像也被燎上了火。人們也越發振奮起來，聚攏，再聚攏。

到了衝刺的階段，卻有一條紅色的船，一連超越了好幾條，最後超過了黃色的那條，到了近岸的位置，居了第一。

裁判將大旗插到紅色龍舟的船頭上。于野心裡一陣悵然，覺得失之交臂。

與鋪墊相比，這龍舟的賽事，過程太過簡潔。

樂聲又響起。這回卻不同，沒有嘈雜，是那兩個穿格子裙的男孩，吹奏風笛。蒼涼暗啞的單純聲響，遠遠鋪展，和這雀躍的背景有些不稱。

暮色到底降臨，使得這表演的性質近乎謝幕。

人漸漸都散了。樂隊的其他成員，開始交頭接耳。龍舟又被扛起來，緩緩挪動開去，這回沒有人喊號子。龍頭上巨大的眼睛和喜樂的面目，未得其所。吹奏風笛的男孩子，並排地邁動步伐，吹出的聲音更沉鬱了一些。兩個人，臉上令人費解地莊嚴肅穆，好像是參加喪禮的樂師。這時候，于野看見一個白色影子，緩緩跟隨這支樂隊，消失在暗沉裡。

人終於走光了。海灘上再次安靜。這安靜是屬於于野的。他欣慰地嘆一口氣，坐下來。

于野四望一下，確信這是他熟悉的那個海灘。海那邊匯聚了一些褐色的雲，月亮升起來，在雲的間隙裡行進，漸漸躲到礁岩背後去了。溫度下降，有些涼。

他瞇起眼睛，將這海灘的輪廓梳理一遍。看見瘦長的影子，那不是這海灘慣有的。是一個彎曲的昂首的形狀。于野站起來，遙遙地望過去，仔細地辨認，發現是一隻被遺落的龍舟。

這龍舟在這沙灘上，籠在月光裡頭，分外地安靜。沒有了游弋的背景，終於成了一個死物。

于野走過去，摸一摸那龍的頭，還是潮濕的。彩色的綢成了淨濕的一條，有氣無力地搭在龍角上。角上掛著一支槳，槳葉纏上了水草。于野拎起來，突然，有什麼東西落在他腳上，悉悉索索，驚惶間爬走了。是一隻小蟹子。

于野吁了一口氣，扔下船槳，轉身要走開。

背後有風，響動織物的聲音，隱隱間有些寒氣沿著耳畔襲來。

于野回過頭，看見一個白色的身影立在船尾。

白色的身影說，你在做什麼。

于野站在原地，慌亂了一下，鎮靜下來。因為這聲音很好聽，有著游絲一樣的尾音。

于野說，沒幹什麼。

白影子走過來。是個女孩子。看上去和于野的年紀相仿。她抬起頭，撩開頭髮，是張蒼白圓潤的臉。

你不是這島上的。

于野沒有答話。看女孩的白裙子在海風裡飄颺起來。這裙子的質地非常單薄，絹一樣。于野想，她會覺得冷。

女孩湊近了一些，打量他，然後說，原來是拔萃的，名校。

于野抬起手，有些不自在，擋一擋襯衫上的校徽。一面說，畢業了。

女孩笑了，笑得有些發苦。這時候月光亮了一些，于野看清楚了她的面目。女孩長著那種細長上挑的眼睛。眼角很鋒利地向鬢角掃上去，大概就是人們說的鳳目。這在廣東人裡是很少的。

這眼睛的形狀，讓她的神情變得有些難以捉摸。女孩說，畢業了還穿校服，扮後生？

于野說，對，扮後生。

女孩問，你是不是常來這裡？

于野想一想，點點頭，又有些不甘心地問，你怎麼知道。

女孩眉毛挑起來，像在于野身上尋找什麼。于野聽見她輕輕地說，你雖然不是這島上的人，但你身上有這島上的氣味。

女孩說了這句話，朗聲笑起來。這笑聲在夜風裡打著顫，有些發飄。

于野皺一皺眉頭，覺得這笑聲不可理喻。但是，不由己地，他覺得這陌生的女孩的笑聲，吸引了他。

待女孩的笑聲平息了。于野鼓起勇氣，問，你是這島上的？

女孩的神情，突然變得嚴肅了，她說，是吧。

于野不知如何接，輕輕地哦了一聲。

女孩遙遙地指一指島的西邊，說，我住在那裡。

為什麼來？來看龍舟競渡？

女孩攏一攏裙子，在海灘上坐下來。同時指了指身邊，于野愣一愣，也坐下來。

女孩側過臉看他一眼，頭髮被風吹動，髮梢掠向一邊。頸上的皮膚很白，看見得透明的，青色的血管。女孩並沒有說更多的話，于野感覺到有一股涼意襲來。

女孩說，聽你的口音，你不是在這兒出生的。

這句話刺痛了于野，卻也在靜默之後，為兩個人的交談打開了一個缺口。

于野抓起一把沙子，緩緩地，任沙子從指縫中流下來。

他想起了母親。

來到香港的第一年，母親去世。父親是于野唯一的親人了。這個寡言的男人，為打理祖父的公司，未老先衰。原本不是做生意的料，做到了鞠躬盡瘁。敗頂，大肚腩，外加風濕性心臟病。沒有戀愛，偶爾有性。不同的女人在家裡出入，如同走馬燈。然而，有這麼一天早晨，一個女人讓于野感到面熟。這個女人從乾衣機裡，拿出衣服，一件件疊好。看見于野，將整齊的一摞，襯衫，睡衣，底褲遞到他手上。說，你的，拿好。

于野臉一紅。將衣服擲在地板上。

七年過去了。

這面目樸素的女人仍然沒有名分。

每年于野的生日的禮物，都是她買的。如果是應景也就罷了。但偏偏每樣禮物都買到了于野的心坎裡。于野是個物欲淡漠的男孩。只喜歡極少數的東西。當十二歲那年，他看見書桌上多了一只限量版的鹹蛋超人。這玩具曾令他朝思暮想，那感覺如同折磨。

他拒絕。女人捉過他的手，將禮物放在他手裡。

那是雙綿軟溫熱的手。

女孩說，以前，端午賽龍舟，要先唱龍船歌。你聽過麼？

于野搖搖頭。

女孩輕輕哼唱，于野聽不懂詞句，但覺出了旋律的沉厚。女孩唱一段，將歌詞念出來。「鑼鼓停聲，低頭唱也，請到天地初開盤古皇，手拿日月定陰陽，先有兩儀生四象，乾坤廣大列三綱……」

女孩說，這是首古曲，早就沒人唱了，是家傳的。我們家沒有男丁，祖父就教給了我。

于野靜靜地聽。這歌很長，女孩不知疲倦地唱下去。

他想起，女人也是愛唱歌的。最愛唱一首〈茉莉花〉。

好一朵美麗的茉莉花，好一朵美麗的茉莉花，芬芳撲鼻滿枝椏，又白又香人人誇……

那晚女人唱著這首歌。于野經過她的房間，門虛掩著。于野看見她的身體。女人在父親身上扭動，好像一隻白海豚。于野只見過一次白海豚，在屯門。光滑豐腴的白海豚，從海面上一躍而起，同時甩了一下尾巴，發出暗啞的叫聲。

他看見父親放下手中的紅酒，走過去，撫摸她，將她穿好的衣服剝落，如同蟬蛻。他看見她跨坐在父親身上，再一次地，如同白海豚一般呻吟，淺唱。父親發福的身體上，顛簸中的，是她滑膩的背與臀。父親是她的船，在欲望的海潮中，且停且進，漸行漸遠。突然，她禁不住嘶喊了一下，這聲音令于野忍無可忍。他在膨脹中，掙扎著走了幾步，拉下了電源總閘。

黑暗中，于野欣慰地聽見，這對男女從欲望的潮頭，掉落下來了。

夜裡，于野夢見自己騎在一頭白海豚身上，白海豚平穩地游動，忽而在空中翻騰了一下，他也跟著牠旋轉，翻越，在茫茫然的海浪中穿梭，起落。然而，就在他們緣著最高大的浪峰攀登的時候，他感到背上一陣銳利的痛。他回過頭，看到父親手中的匕首，滴著血。他虛弱地在空中抓了一下，擊打了一下海面，慢慢地，慢慢地跌落在陰冷濕滑的海底。

于野猝然醒來，坐起，見自己籠在清亮的月光裡頭，無處藏身。他愣一愣神，羞慚地將底褲脫下來，扔到了床底下。當他放學回來的時候，看見那條底褲正與其他衣服一起，在陽臺上濕漉漉地滴著水。女人放下手中的晾衣竿，回過頭，對他笑一笑。笑得很溫柔。

于野突然覺得喉頭發乾，他從包裡拿出一瓶可樂。想一想，又拿出另一瓶，遞給女孩。

女孩側過臉，看見可樂鋁罐。突然驚叫一聲，她掩住面，嘴裡說，拿開，拿開。紅……

女孩神經質地抖動，將頭放在膝蓋間。于野突然感到厭惡，但是，他還是將可樂放回包裡。

女孩說，我要走了。

于野並沒有抬頭。

月亮已經升到頭頂。一輪上弦月，發著陰陰的光。

于野看見海灘的東邊，是一排長長的建築。偶有一兩個窗子亮著燈。其中一個在他在看的時候，迅速地熄了。

這些混凝土的小樓原是民居，後來因為來島上的人多了，便被島民改建成了簡易的度假屋。只是看起來，生意並不景氣。

于野是不預備回家去了。躊躇了一下，向那邊走去。

經過了剛才落腳的瓦礫堆。于野突然停住，他揉一揉眼睛，看到，一堆碎石下面，無端地開出一枝豔異的白色花朵。在夜色裡招搖得不像話，于野看一看，更快走過去。

度假屋外面，有一個門房。看起來兼營著小賣部的營生。賣零食和飲料，租借燒烤工具。在醒目的地方，還擺著各式的安全套。于野掃了一眼，一個精瘦的男人走過來，說，要浮點的，還是水果味的？新貨。

于野說，我要住店。

男人拿出一本簿子，問，一個人，過夜嗎？

于野抬頭望一眼黑黢黢的天，說，嗯。

男人戴上眼睛，打量他一下，說，身分證。

于野將身分證掏出來，男人看一看，又向他背後掃一眼，說，沒別人吧。

于野並沒答他。男人自說自話，現在做生意不容易，小心駛得萬年船。去吧，三〇三。望左拐，第二個門洞。

于野上了樓，聽見木樓梯在腳下吱吱嘎嘎地響。

上到三樓，找到三〇三，看見似乎新漆過的一扇門，本應該是亮藍的顏色，在日光燈底下有些發紫。

于野掏出鑰匙，打開門。一百來呎的房間，裡面還算整飭。牆上貼了淡綠的牆紙，星星點點地綴著草莓的圖案，經了年月，有些舊。靠牆砌了一個木檯，上面擺了個床墊。床單和被罩也是淡綠的，透著白，看得出洗了很多次。電視是有的。打開冷氣機，隆隆的聲響過後，房間卻也涼快下來。

靠陽臺的地方，居然還擺了一只電飯煲。于野將鍋揭開來，裡面擺了整齊的一副碗筷，只是碗沿上殘了一塊。

于野將陽臺的門打開，腥鹹的海風吹進來，味道有些不新鮮。聽得見海浪疊起的聲音。月亮已經不見了，眼前是界線模糊的一片黑。在靠近礁岩的地方，辨得出有一條弧形的影，那是被人遺落的龍舟。

這房間裡有個僅容得下一人的小浴室。沒有門，掛了一個粉色的半透明塑膠簾子。于野將簾子揭開，看見迎面的白瓷磚的牆上，赫然八個黑色大字：

禁止燒炭，違者必究。

濃墨重彩。

于野想起男人看他的眼神。明白了。這幾年，來離島燒炭成了香港年輕人流行的自殺方法。多半是為殉情。于野倏然感到這警告的滑稽，燒炭如果成功了，誰又去追究誰。

不知道這裡是不是案發現場，這樣想著，他笑了一下。將水龍打開，熱水不錯，有些發燙。

于野脫了衣服，沖洗。浴室裡擺了浴液，于野擠了些在手上，是廉價的香橙味道。他皺皺眉頭，將水開得更大了一些。簾子受了水的擊打，霧氣繚繞間，顏色陡然變得妖嬈，似是而非的桃色。

他關上水龍，熱氣散了。鏡子裡是張蒼白的臉，發著虛。

浴室裡有一條浴巾。于野沒有用。濕淋淋地出來，將衣服鋪在床單上，躺在上面，晾乾。天花板上有些赤褐色和黃色的痕，大概是因為雨天陰濕，蜿蜒流轉。

這時候，于野聽見敲門的聲音。他沒有動彈，聲音更急促了一些。他猛然坐起，將浴室裡的浴巾扯過來，裹在腰間。打開門，看見精瘦的男人手裡舉著一條鑰匙，說，你落在門上了。後生仔，小心點。他接過鑰匙，關上門。

回過頭，卻看見一個人立在眼前。是那個女孩。

她還穿著晚上的白裙子，頭髮泛著潮氣，披掛在肩頭，在燈底下閃著光，彷彿幽黑的海藻。

于野的眼神硬了一下。他走進一步，將女孩攬在懷裡。當他使力的時候，女孩掙扎，浴巾落下來。

他用嘴捉她的唇，她偏開臉去。他箍緊了女孩的腰。女孩綿軟在他臂彎裡，像一匹纖弱輕薄的白色綢緞。這種感覺刺激了他。于野摸索著，要將裙子剝落下來。那裙子卻滑膩得捉不住。他一使勁，索性將它撕裂了。

這裙子裡，只有一具瓷白的身體。

這身體也是半透明的，頸項間，胸乳，肚臍，甚至私處的都看得見隱隱的綠藍的血管，底下有清冷的液體流動。

于野感覺這身體深處的涼意，在侵蝕自己火熱的欲望。

他等不及了。他進入她，在同時間打了一個寒顫，像被冰冷的織物包裹住了。這虛空感讓于野在匆忙間沒著落地抖動，無法停止。

他想起那女人的身體，不是這樣的。

暑意退去的十月夜晚。那身體走進他的房間。將他挾裹，他感到的只有熱，砥實的火一樣的熱。燃燒他，熔化他，將他由男孩鍛鍊成了男人。

那樣的熱他只經驗過一次。卻讓他著魔。

他跪在那女人腳邊，哀求她。他要她給他，就像她給他鹹蛋超人。

女人撫摸自己的膨脹起的腹部，搖頭，然後輕輕捏他的臉，用激賞的口氣說，孩子，好樣的，一次就搞出了人命。比你老子強一百倍。

他說他不明白。

女人冷笑，你造出了你爸的另一個繼承人，他會搶去你的飯碗。

他回憶著那女人給他的熱。在詛咒中，又使了一下力，同時感受著身體冰冷下去。

女孩只是微笑地看著他。他猛醒，想抽身而退，卻動彈不得，更深地嵌入進去。倉皇間，他咬緊牙關搧了她一巴掌，他看見明豔的血從她嘴角流出來。這時候，有冰涼的液體滴到他背上。他轉過頭，看見天花板上，赤色的裂痕間，正充盈著紅色的細流。汩汩地，在他頭頂積聚成碩大的豔紅的水滴。

第二天的清晨，天亮得很早。

陽光照進來，落在年輕男人赤裸的身體上，他已經沒有聲息，但是神情鬆弛，臉上還掛著笑意。

沙灘上很熱鬧，一些人七手八腳地拖動一條龍舟。龍舟神情喜樂，在海潮迭起的背景中，栩栩如生。而瓦礫堆旁邊，也聚攏了一些人。遙遙地有一輛警車，開動過來。

漸漸人頭攢動，原來，半年前失蹤的女孩，骨殖在瓦礫底下被發現，已經腐爛，難以辨別。

女孩白色綢緞衣服的碎片，卻十分完整，在陽光底下熠熠生輝。

正在蒐集物證的女法醫，突然驚叫。人們看見這面色羞紅的年輕女人，顫抖著對警司說，她在屍體裡發現了男子新鮮的體液。

聖彼得醫院裡，一個女人臨產。女人在凌晨時突然陣痛，被從家裡送過來。因為嬰兒體型巨大，只好進行剖腹產。手術室外，是憂心如焚的中年男人。他心神不寧地給夜不歸宿的兒子打電話。無人接聽。

一個鐘頭過去，傳來嘹亮的啼哭聲。所有的人鬆了一口氣。

初生的女嬰，在眾人的注視下，突然間停止了哭泣。她打了一個悠長的呵欠，倏然睜開了眼睛。成人的眼睛，眼鋒銳利，是一雙鳳目。

竹奴

透過門縫，她看得見他的剪影，懷裡抱著那個長長的竹籠。
已經是深秋，他還是緊緊地抱著。一刻也不願放下。

一

清明大雨。

謝瑛推了江一川從電梯裡出來，正看見了那個女人，站在家門口。

電梯門在她身後，悄聲闔上。女人見了她，迎上來，輕輕問，是江教授家裡麼？

她愣一下，點點頭，也問，你是筠姐？

女人笑一下，接過她的傘。說，仲介跟我約了三點。我想你們也是給雨耽誤了。

謝瑛這才想起道歉。一邊拿出鑰匙開門。

女人也就幫她將輪椅推進來。她把江一川攙扶到沙發上，一回身，發現女人已經把輪椅摺起來，齊整地倚了牆根放著。

謝瑛心裡就想，好一個爽利的人。

想完了，對女人說，先坐一坐。我倒杯水給你。

女人坐下來，又欠一欠身，說，不用了，往後日子還長，這些活兒，理應我來做。

謝瑛還是走進廚房，出來了。看女人正凝神望了窗戶外頭。雨又大了些。水跡都披掛下來。還有些光透了來，她的樣子就好像個剪影。齊耳的短頭髮，額也是飽滿的。謝瑛想，這人年輕時，是很好看的。

女人回了神，也發現被打量，有些不好意思，說，南京的雨還是這麼多。

謝瑛嘆一口氣，說，是啊。還沒進黃梅天，就下得沒完了。今天去七子山看他爸媽，嘩啦一聲就下來，香燭化寶筒，全都澆滅了。

說完又問：你不是本地人？

女人正吹著杯子裡的茶葉，看著熱氣氤氳開來。聽到她問，就放下茶杯，說，我是安徽六安人。

謝瑛喃喃地重複了一遍，六安。

女人低一下頭，嗯，六安。別的沒有，產的茶葉是很好的。六安瓜片，不比這龍井差，下次我帶些來嘗嘗。

謝瑛笑一笑，點點頭。沒有再說話。

女人便站起身來，說，我先走了。明天早上九點來。

謝瑛起身要送，給她攔住。她一錯眼，目光停在江一川的臉上。

江一川呆呆地坐在沙發上，沒動靜。

二

這幾天，鄭醫生有些倦。

他總是對自己說，到底是年紀不饒人。前兩年興頭頭，是不覺得累的。連日的陰雨，診所也並沒有什麼人光顧。

本是邁皋橋的一處民房，也老了。有了些濕霉氣。漸漸積聚在牆上，便有了形狀。便是個人，細看去，竟還是個女人。

鄭醫生嘆一口氣。在酒精燈上燃上一盤安息香。這氣味厚，充盈開來，房間裡似乎就沒這麼冷清。

五年前從主任醫師的位上退下來，離開了中醫院。就開了這間診所。來的多半是老客。不去掛中醫院專家門診的號，到這裡來。也是習慣，望聞問切，哪怕只求他開一劑六味地黃，心裡卻是安的。他這裡也舒服，冬天燒上一個木炭爐子。熱得不燥。暑天裡呢，「下元不足，心火獨旺」，照老例兒熬上一鍋綠豆湯，一缽金銀花水。來往的病人，喝上一杯。出得門去，神清氣爽。

前年沒了老伴兒，就更把這裡當了家。生意並不見好，倒是日漸有些寥落。他也不介意，這診所叫「佑生堂」，自然並不希望病人絡繹。不過實情是，現在人也忙了。小毛小病，都去看西醫。時間省，見效快。來這兒的，主要為看疑難雜症。多是慕名，鄭醫生自然是很信得過的。然而，也有些病人是背水一戰。這種多半已被西醫判了死刑，來了先將成沓的現金擺在面前，然後和家屬齊齊跪下。鄭醫生扶他們起來，讓他們把錢收好。然後才一五一十地診病。能看的留下，沒得救治的，也只能狠了心送走。病人似乎也就此死了心，雖是戚戚然，卻比來時平靜了許多。

因為病人少，時間也就多了。打打棋譜，要不便是謅寫醫書。這天是《金匱要略》，正錄到「奔豚氣病脈證治」一章。院門外鈴聲響起。他停了筆，打開簾子，看一個女人站在院子裡。

女人垂著眼，正看著矮牆旁的一株梔子。大概也是連日的雨水催的，沒到五月，已經開出了數朵大花。掩在墨綠的葉子裡頭，分外的白。鄭醫生一半像是自言自語：今年倒是開得太早。

女人仰起臉，對他一頷首，笑了。說，開得早，結實就早。等不到八月，就可以入藥了。

鄭醫生心裡一動，便打量起女人。看不出歲數，頭髮花白，臉卻勻淨清明。沒有老態，更沒有病容。他終於問：您這是……

女人闔上傘，在花圃上抖一抖，說，來這裡，自然是看病。

聲音乾乾脆脆。

哦……哦。鄭醫生應著，一邊將她讓進門裡。

坐下來，女人安安靜靜地將屋裡的陳設打量了一周。鄭醫生才問：您覺得哪裡不好？

又是爽脆的笑。女人說，我好得很。我是想代人看。

這麼著，鄭醫生有些不高興。心想別是遇到了荒唐的人。這年月不比從前，世風不同了，什麼人也是有的。

女人看出他皺起了眉，又一笑，說，醫生您別見怪，我說代人看，自然是該來的人不能來。我來這裡，是信得過您。你也該信我不是？

鄭醫生也就笑了，說，人有病色五種，照不到面，看得準不準，怕是說不好。

女人低頭打開隨身帶的布包，掏出一只信封。一抖，是一沓照片。鄭醫生接過來。看照片上都是同一個年老的男人，坐在輪椅上，灰黑著臉。拍攝的角度不同，室內外都有。臉上卻都沒有一絲活氣。尤其是眼睛，瞳仁是凝滯的。有一張是靠著窗戶，男人戴著眼鏡。陽光正照射在眼鏡片上。他卻不覺得光線刺眼，眼睛還是大張著。

這算照了面了麼？女人問。

鄭醫生問，病歷帶來了？

女人放在他面前。病歷是複印的。鄭醫生翻了翻，也就明白了。自己的判斷是沒有錯的。阿茲海默症第三期，也就是所謂的老年痴呆症。這個病患情況是比較嚴重了。

鄭醫生闔上病歷，輕輕說，西醫控制得不理想，是麼？

女人點點頭。

鄭醫生想一想，對她說，這病根治還是很難，在中西醫都是一樣。年紀大了，腎氣衰弱。腎主精生髓，腎精不足，髓海必虛，腦海則失養；腎氣不足，心失所養，血脈運行乏力，血瘀阻腦。

所以，您的意思說，要想改善，還得在腎上下功夫。女人輕輕跟了一句。

鄭醫生說，病位在腦，病本在腎，累及心、肝、脾。面色即證。要說療治，補腎填髓是基本大法。

女人咬了咬唇，問，怎麼用藥？

生地、熟地、山萸肉、枸杞子、菟絲子、茯苓、仙靈脾。隨證加減治療。兼脾虛濕濁不降者，加黃芪、石菖蒲、法半夏等；兼肝陽上亢者，加天麻、鉤藤、牛膝；您先生體表灰質如侵，面色不華，是水火不交，加川連、肉桂、夜交藤。

女人輕笑：照本宣科就不要了。我想要一劑食補的方子。

鄭醫生沉吟了一下，拿出一張方箋，寫罷給了女人，囑說，核桃仁不必去衣。

女人看過後，細心摺好，略一躬身，醫生，謝謝。我還會來的。

及走到門口，又一轉頭說，他不是我的先生。

三

江若燕偎在父親身邊，含笑看著他。嘴裡哼著一支童謠，是小時候父親時常唱給她聽的。蜻蜓落雁飛不飛，雨過天晴雲低迴。

父親是不認得她了。可卻似乎是認得這歌。此刻他是很安靜的，臉上也是一個平和的表情。也任由手放在她手心裡。舌頭時不時伸出來，舔一下嘴唇，然後闔上，發出牙齒磕碰的聲音。

謝瑛心裡有些痛，為兩個人。這一父一女，現在是她最想操心卻操不上心的人。

她怎麼也想不到，老伴兒會變成這個樣子。六年前，還是威風八面。一院之長，學科帶頭人。說話做事都是雷厲風行，讓人心服口服。就因為那一股子精氣神。她做學生的時候，看著講臺上的他。就給自己定下了將來。

她並不是個很有主張的人，這是她人生最大的主張。當時經人介紹，她正和軋鋼廠一個高級技工戀愛，像他們資產階級家庭出身的孩子，這樣的交往算是造化了。可她卻為自己做了一回主張。任人指指點點的日子過去了，總覺得幸福是自己的。

第一次把鑰匙落在了門上，江一川還自嘲一句，英雄暮年。現在是連自家鑰匙都認不得了。

她走過去，撫摸一下男人銀白脆弱的頭髮。老伴兒漠然地看她，像看著一件物體。他被撫摸得有些不耐煩了，扭轉過頭去。

女兒站起身來，揉一揉瘦脹的膝蓋，望著她，張一下嘴，欲言又止。她嘆一口氣，唉，說吧。

若燕的聲音，輕得只有自己聽得見：媽，他還是想接多多去香港。說是那裡的條件，對小孩子的成長好。

謝瑛說，他是想什麼都不給你剩下了，是嗎？

若燕低下頭，囁諾著聲音，他也有他的難處。

謝瑛將手裡的茶一頓，使的勁太大，灑在了茶几上。她按一按自己的太陽穴，說，誰沒有個難處啊。

她也知道女兒心裡苦得很。這苦頭卻吃在一個「善」字上。為什麼爺倆兒的性情這麼不一樣呢。江一川是個處處以進為守的人。若燕可好，事事以退為進，但求一時心安。到頭來害了自己。當時女婿林惟中要出國，若燕正懷著孩子。謝瑛是堅決不同意，說怎麼著也得等孩子生下來。若燕卻放了他走，說你去吧。來得及孩子學說話叫上爸爸就行。孩子生下了，林惟中卻沒回來。說給若燕辦了陪讀帶孩子過來。臨了要走，科研組的小魏卻查出了腦癌。請不到人，項目就要停下來。領導找了若燕談話，請她多留一年。就在這一年裡頭，林惟中移情別戀，給若燕寄來了離婚協議。若燕想了一晚上，簽了。你過你的好日子，說把孩子留給我就成。

和那個香港女人結婚三年，林惟中沒有一子半女。這回輪到要多多了。謝瑛說，女兒，你就不能長點兒脾氣嗎？人不能有傲氣，可是傲骨總是要有的。

江一川轉過頭，鼓起嘴巴，用唾液吹起一個透明的大泡。啪，泡破裂了。

若燕說，可是，他畢竟是孩子的爸爸。他也想多多。

謝瑛呼啦一下站起身，狠狠地說，好，他是孩子的爸爸，那你問他。生多多的時候他在哪裡。他盡過做父親的責任嗎？他和那個女人鬼混的時候，想過你們娘倆兒嗎？

若燕呆呆地站著，眼睛卻是一紅。

若燕……廚房裡有人長長地喊，阿姨騰不出手來了，快來幫忙端一下鍋。

若燕愣一愣，轉身跑進廚房裡去了。一隻手輕輕撫上了她的背。那手綿軟而溫暖，卻令若燕心頭一抖，淚洶湧地流了下來。

那隻手用力了一些，將她的頭攬過來。放在自己的肩上。若燕只有呢喃的氣力：筠姨。

哭夠了，抬起頭，若燕看到的是張微笑的臉。快別哭了，多大的姑娘了。啊？

若燕也笑了。同時心裡也驚奇，她唯獨會在這女人面前孩子似的哭。家裡走馬燈似的換過許多的阿姨。現在已是面目模糊。多多是個怕生的孩子，見筠姨第一面，卻伸出手去要她抱。說不上為什麼，就是親。

謝瑛仰在沙發上，手指揉著太陽穴。面前擱了一碗冰糖白木耳。聽到有人輕輕說：不能動氣，血壓又該上去了。

謝瑛拍一拍身邊的沙發，女人坐下來。她嘆一口氣，誰不想活個容易。你以為我想嗎，這一老一小，哪個讓我省心啊。

女人說，家家有本難念的經。好在一家團圓，辦法都是可以想的。

謝瑛聽著這柔軟的聲音，心裡也有些靜了。

她說，筠姐，怎麼就沒見你心裡不合適過呢。按理我不是個沒氣量的人，可遇到事情還是慌，還是亂。還是沒主張啊。

女人又笑了。她說，你又能看見我心裡麼？常食五穀，苦處各不同罷了。

謝瑛一垂頭，說，也是。其實，你來了半年了，都沒見你說過家裡的事。我總覺得，你不像是做保母的。哪裡不像，又說不清爽。可你又做得那麼好，比那些人可強多了。

女人說，布有千色，人有百種。哪有做什麼都寫在臉上的。再說了，幹保母也不丟份[1]不是，都是憑力氣和能耐吃飯的。

謝瑛就有些愧色，說，你看我說的糊塗話。

女人就樂了，說，你們讀過書的人，總有些小糊塗。大聰明卻是我們比不上。就好比走路，快慢不說，你們總是選對了路。我們每步走得結結實實。一回頭，卻彎到了十八里坡去了。

1 丟臉、失掉身分。

謝瑛也樂了，心裡也熨貼了些。一抬頭，卻已經看到女人端了一只砂煲出來。她寧靜得很，卻是個閒不住的人。

盛出一碗來，是核桃芝麻蓮子粥。這是給老頭子喝的。女人弄來的中醫食補方子。江一川這麼多年，都是靠西醫撐著，激素不知用了多少，占諾美林用量一直在提。想到這裡，謝瑛又嘆了口氣。

女人舀了一勺，江一川張開了嘴，牙齒卻緊闔著。女人也張開了嘴巴，說，啊——

江一川嘴巴張開了，張得很大。一勺粥送進去，一些順著嘴角流出來。女人卻微笑著，又一次張大了嘴巴。

謝瑛看著這一幕，卻覺出了自己對這女人的依賴，同時有一些感動：這女人，半年把全家人都變成孩子了。

四

陸望河遠遠就看見了女人的身影。

這個年紀的人，走路很少有這樣挺拔的姿態。何況手裡還拎著許多東西，顯見是剛剛從附近的超市裡出來。

他囑咐司機將車慢慢開過去。將車窗搖下來。

女人已經看見車窗上有熟悉的平安結，那是她親手織的。不過還是不動聲色，安靜地往前走。

陸望河終於忍不住，輕輕叫一聲：媽。

她這才回過頭，應道：哎。眼睛含笑地看著陸望河。

陸望河打開門，下了車，從女人手裡接過大袋小袋。

女人不依，擋了一下說，不要你送。前面就是七路車，走幾步就到了。

陸望河搶過東西，擱在後尾箱裡，很紳士地打開車門，做了一個「請」的姿勢。女人嘆口氣，隨他上了車，嘴裡說，送到小區門口就行了，嗯？

陸望河也誇張地嘆一口氣，說，遵命。

司機老郁開動了車子，一面笑道：陸家媽媽，你有我們陸總這個兒子，真正是福氣……

陸望河卻沒有讓他說完，接過話頭去，媽，怎麼跑了這麼大老遠來買東西？

女人掏出一張廣告，說，星期三這裡的「易初蓮花」做活動。黑魚比城北每斤便宜兩塊五。千層糕買二送一。還有，教授家的不黏鍋壞掉了，終於給我找到這兒在做優惠。德國的牌子，打了五折呢。

陸望河就笑，媽媽，你都知道他們是教授家，還會在意這幾個錢嗎？

女人就正色道：錢對誰都是一樣。教授家的一塊錢，也不能當五毛用。過生活都是細水長流的事，小來大去，還是馬虎不得的。

陸望河就作了投降的樣子，說，好好好，您老人家越來越像個哲學家了。

女人眉目就舒展開，說，油腔滑調。你怎麼跑到這裡來了。

陸望河便答，中午和一個客戶吃飯。

女人沉吟了一下，說，望河，上次媽和你說的事怎麼樣了。過年回去，鎮長可是問了又問的。鎮長有恩咱們家，要是能幫上的，我們做人可不能忘本。

陸望河就笑，你猜我今天見的客戶是誰？

女人想一想，莫不是鎮長。

陸望河哈哈樂了，說，要不說我母親大人冰雪聰明。

女人說，合作的事有眉目了？

陸望河說，豈止有眉目。合同都已經簽了。

女人就雙手合十，說，這下好了，讓南京人都能喝上咱六安的茶葉。

陸望河又笑，說，又不只是茶葉。媽您記得我說過，年初時候收購了六合一家保健品廠。剛剛就為談這件事。我們準備搞一個項目。您知道嗎，茶裡頭有種稀罕的物質，叫茶多酚。這可是個好東西。抗衰老，降血壓血糖，還能抑制癌細胞。

茶多酚。女人重複了一下，又皺一皺眉頭，開個茶廠不是挺好。這東西，能好賣麼？

陸望河說，您還別小看，前陣日本核洩漏，茶多酚類的食品，在市場上已經脫銷了。因為這物質，還能抗輻射。有千葉大學的調研報告，可比鹽什麼的靠譜多了。

女人就有些臉紅，想起自己也跟在別人後面搶買過幾包鹽。

今天和鎮長一起，見了生化所的田教授。一起商量到時候合作開發一個系列產品，營養品，飲料，將來興許還有化妝品。下半年項目上馬，咱們六安的瓜片，就要派了大用場。媽您可是功臣。田教授還帶個研究助理來，比我年紀還輕，已經是個博士了。現在的女孩子，可真了不得。

女人聽到這裡，心裡倒一動，問，望河，這女子人怎麼樣。

陸望河愣一下，笑說，媽，人家可是博士，看得上您兒子？

女人扁一扁嘴，說，我兒子怎麼樣，這麼能耐，什麼人配不上？

這時候，車開進了社區的大門。女人著急地請司機停下來。

陸望河就說，媽，怎麼就不能開進去呢。

女人下了車來，又回轉身，正遇上望河的眼睛。

三十多歲的人了，可還是孩子的臉，一派天真的樣子。她親暱地擰一擰兒子的耳朵。陽光底下，兒子貝殼一樣的耳輪有些透明。她心裡顫一下，想起另一個男人，也有這樣貝殼形狀的耳輪。她阻止自己沒有想下去，只是說：我兒子是有出息的人，知道有這麼個兒子，誰家還敢安心請我做保母。

陸望河笑一笑，說，媽，您可是答應過我的。

女人沉默一下，點點頭：嗯，兒子，媽應承你，做完這一家。以後就不做了。

五

謝瑛看見女人從一輛賓士車上下來。後面跟著一個穿西裝的年輕人。

這年輕人臉孔的輪廓，讓她覺得十分眼熟。卻又想不起在哪裡見過。

女人回身擋了一下年輕人，沒再讓他跟著。

賓士車遠遠地開走了。

女人站定了，才拎起大包小包，走過來。

在樓道，見了謝瑛。愣一下，卻說，瞧我，飯還沒燒上呢。

兩個人走到電梯口，謝瑛淡淡地問，筠姐，剛才那個小夥子是誰啊，和你挺親熱的。

女人沉默一下，微笑說，以前主人家的孩子，路上碰見拿的東西多，就捎帶我一腳。孩子挺出息的，自己開公司了。

女人回到家裡，又是馬不停蹄地忙。飯燒上了，又緊趕著收衣服，澆花，拿晚報，收拾多多玩了一地的拼圖。忙是忙，卻絲毫沒有亂的意思。你並不覺得她在你的視線裡，一回頭，事情已經妥妥貼貼地做好了。做好了，便又開始忙下一件事，沒有閒下來的時候。安安靜靜的。

謝瑛想，作為一個保母，這女人似乎太完美了。

這家裡，因為有了這麼個人，什麼都不一樣了。她給了這家裡一種新的秩序。有些東西，只有她知道放在哪裡。你動過，隨手放在別的地方。她會不動聲色地放回去。她賦予很多東西一種你所不熟悉的規矩。但你接受起來，卻沒有勉強。好像本來就是合理的。這合理，來自於一種甘心情願。

活幹完了，她依然是端出一煲湯，盛出來，一口口地餵給江一川。這一回是天麻燉豬腦，隱隱有一種腥澀的味道，在空氣中漾散開來。謝瑛聞著覺得有些作嘔。卻見江一川在鼓勵下，一口口地吃下去，湯汁不再從嘴邊流出來。他似乎很努力地咀嚼，像個想要證明自己的孩子。他依然沒有聲音，但謝瑛卻感覺到，他的眼睛裡出現了一種活氣，使得他的整個面部都生動起來了。

晚上收拾完了。謝瑛在燈底下搖著扇子。說，筠姐，過兩天，要請人來給空調加加雪種[2]。今年，怕是又要熱得不像話。南京什麼都在變，「大火爐」的頭銜倒沒拿下來過。其實我是不好多吹空調的，吹多了就偏頭痛。

女人聽了，站起身來，嘴裡說，差點忘了……

回來的時候，懷裡抱著兩個圓滾滾的東西，遞給謝瑛一個，另一個放在江一川的膝蓋上。

謝瑛見這物件，模樣十分奇特。用青竹篾編成的長籠，因為是中空的，留著許多孔洞。抱在手裡，好像有涼氣從網眼兒裡滲透出來。

她便十分好奇，問是什麼。

女人便說，這是「竹夫人」。在我們老家裡，叫青奴。早就看不到了。今天在超市，卻見有在賣。好大的廣告高頭，說什麼「天然空調，環保家居必備」，我就買了兩個。

謝瑛看上面還別著標籤，便念出來：竹夫人，消夏良伴……竹夫人，竹

---

2 冷媒。

夫人。念著念著，似有所悟，想起《紅樓夢》裡頭寶釵出的一則燈謎，謎底正是這東西。就脫口而出：「梧桐葉落分離別，恩愛夫妻不到冬。」

她正得意自己的記憶，突然覺出句裡意味的不舒暢。說，現在的這些生意人，什麼都要復古，唯獨人心不古，有什麼用。就將這長籠擱到一邊去。一抬頭，卻見江一川眼睛緊闔著，將這竹夫人實實地抱在懷裡。

六

秋涼的時候，鄭醫生最後一次見到這女人。

女人靜靜坐著，對著面前一杯茶。看著杯中紛繁的白色花瓣，在滾水裡膨脹、舒展開來。好像又盛放了一次。

女人便問：是院子裡的大白菊吧？

鄭醫生袖著手，點一點頭說，好東西，清肝明目，健脾和胃。

女人細細地吹，然後輕輕嘬一口，笑說，該早些喝，我這輩子，就是有些事情沒看清爽。

女人拿出一疊紙，說，醫生，您開給我的食療方子，我抄了一遍，您幫我看看，可有錯漏的？

紙上的字很工整細密，談不上娟秀，筆畫間的用力，甚至有些鬚眉氣。方子是分毫不差的。然而，卻又在細節處加了很多的解釋。比如，松子仁米粥，急火三分鐘，文火半個小時。後面括弧裡注上，若是電熱煲，二十分鐘足夠。米不要用泰糯，要用國產的珍珠糯。「山藥羊肉羹」，首選東山黑皮羊，不至於太過油膩。要陳年的花雕，才會起羹。又有一道「泥鰍燉豆腐」，方子後面寫下了一個手機號碼，一三六……，老王。問起來，原來是個賣水產的老闆，大約只有他家的泥鰍最肥大新鮮。

鄭醫生鋪開紙，為她寫下最後一個方子。他知道她不會再來了。

七

女人坐在燈影底下，打開一個筆記本。

這紅色的塑膠皮筆記本，已經很陳舊了。封面上是個灑金的「忠」字，也已經有些褪色。

打開了，裡面有一張照片。上面是個穿著白襯衫的青年。青年的模樣清俊，如炬的目光也沒有因為歲月黯淡下來。

照片的背面，寫著「廣闊天地，大有可為」。她問過他，什麼是「廣闊天地」。他對她溫柔地一笑，說在這裡，社會主義中國的農村，就是他的廣闊天地。他離不開這天地，就好像不會離開她。

她撫摸一下這張照片。這青年，有著貝殼一樣的耳輪，在陽光底下，就是半透明的紅色。她憶起在熾熱的麥秸地裡，她將自己熔進他的身體。烈日的光線，穿透他的耳輪，幾乎可以看見那錯綜的血管。

「廣闊天地，大有可為」。

他離開這天地，是在三年後。那一年中央有了政策，知識青年有了返城的希望。她對他說，你走吧。你的廣闊天地，不在這裡。

恢復高考，鄉裡有十幾個青年報了名，唯獨他考上了。

他臨走的時候，她給他一個布兜，讓他放在貼身的口袋裡，裡面是新採的六安瓜片。茶用她的體溫焙乾了。她說，走吧。這茶喝完了，你就好忘記我了。

他哭著說，要回來接她。她一笑，說，好，我等著。

他並沒有再回來。她知道的。

他走後半年，她早產，生下個兒子。這兒子瘦小，一對耳朵卻大而厚，也有貝殼一樣的耳輪。

她在人們的指指點點裡，把這孩子養到兩歲。她爹嘆口氣，說，嫁了吧。你得有個男人。兩歲了，拖油瓶也拖累不到旁人了。

村裡人就幫著張羅，嫁給了鄰村姓陸的鰥夫。老鰥夫人不壞，忠厚，能勞能動。就是太喜歡做男女那點事。自己又不行，就氣得打她。打急了，就又打她兒子，往死裡打。她就舉起把剪刀，說打她她能忍。再打這小子，她就跟他拚命。

五年後，老鰥夫中了風。人不行了，叫她到床跟前，說，我虧欠了你們娘兒倆。這小小子人精靈，攢下來的錢，留著供他讀書。我只要一副薄棺材就夠了。

她厚葬了男人。卻記得他的話，要供這個孩子讀書。她便生活得更辛苦些。

這孩子果然是出息的。書讀得不費力，小學到中學，都是第一名。順當當地考上縣中。鎮上辦茶葉廠了，她便央了人，尋到了一個工作。只圖離兒子近些，好照顧。

又過去了幾年，兒子高考填了志願。填了南京的大學。聽到「南京」兩個字。她心裡一咯噔，然後問，兒子，能考上嗎？

兒子點點頭，她就沒再說什麼。

果然考上了，幫兒子整理行李。看著錄取通知書上有一個鑲了五角星的鐘樓。她想起另一個人，跟她說過這幢鐘樓，說這大學是他的理想。這是二十年前的事了。

她流淚的當口，鎮長來了。鎮長說，阿筠。咱鎮上出了望河這個高考狀元，我是給你道喜來啦。

她不說話。鎮長知道了她的心思，就說，我在無為有個親戚，現在在南京城裡，開了一個家政公司。要不你去她那裡吧。我給你寫封信。只是，城裡人嬌貴，保母的活兒，怕是要受點委屈啊。

她說，我做。

這一做，便是十年。

她第一次在報紙上看到「江一川」這個名字，人幾乎要窒息。她讓自己平靜下來，認認真真地看這報導上的每一個字。這個男人，現在是省裡建築設計院的院長。十一項發明專利的擁有者。報導上說，那新街口最高的樓，就是他設計的。這樓得了國外的大獎，樓頂的弧線，據說靈感來自一片茶葉。

報紙配了照片，沒錯，模樣沒怎麼變，老了些，目光也有些懈了。但還是有股精氣神兒，是他的。

這以後，她成了個留心看報的人。主人家都有些驚奇。因為她並不怠惰。但每天的報紙，都要一版一版細細地翻過。

她於是知道，男人是這城市裡很知名的人物。享受國家級津貼的專家，省人大代表。

同時，是一個好父親和丈夫。電視裡為他做過一次專訪。她看到他的妻子和女兒。妻子溫婉，氣度不凡，是真正配得上他的。

她先是笑了。夜裡卻哭醒，醒來還是笑。

對他的關注，成了她心底隱祕的幸福。這讓她上了癮。

她從未想過要打擾他。

只有這麼一次。望河大學畢業，要創業，沒有啟動資金。愁腸百轉。她一瞬間想到了他。是的，這也是他的兒子。

但這念頭又在一瞬間，就被她的愧意壓制住了。她拿出所有的積蓄，對望河說，兒子，沒有什麼是過不去的，我們娘倆兒這一路，靠過誰？

兒子點點頭，懂了她。

兒子出息，幾年工夫，公司大了。

兒子無數次地不要她做下去，說她該過上好日子了。她急了，她說，你整天保母保母地掛在嘴邊上。沒有你做保母的娘，誰供養你讀書生活？

兒子委屈，看看她，卻也沒有再說話。

是的，她的性情，是沒有這樣好了。

他突然從她的生活裡消失了。報紙上，電視裡，都再沒有。徹底地消失了。

她算一下，他也該到了退休的年紀。退下來了，在這世界裡也退下來了。

直到有一天，她在家政公司看見了謝瑛。這教授夫人的樣子十分憔悴，已沒有了神采。

旁邊另一個保母對她說，又來換。這女的挑得不得了。老公得了老年痴呆症，還挑肥揀瘦。換來換去，誰在她家裡都做不長。

她心裡一動。

她對望河說，兒子，我做完這一家，就再也不做了。

她終於出現在他的生活裡。

這出現，晚了三十二年。

現在，卻已接近了尾聲。

她擦一擦眼角，又翻了一遍這些年蒐集的報紙，然後沓成一沓，放進行李包裡。食療的方子分成春夏秋冬四類，用迴紋針別好，壓在檯燈下面。

透過門縫，她看得見他的剪影，依然坐在陽臺的落地窗前。懷裡抱著那個長長的竹籠。已經是深秋，他還是緊緊地抱著。一刻也不願放下。

寫於曹禺先生誕辰一百週年

後記

剎那記

彼岸處，剎那間似有一兩點星火。
不明亮，但足夠暖。

若干年前，讀橫溝正史的《獄門島》。真正體會到何謂衣錦夜行。時代荒蕪，徒留夏草。人在迷霧之中，由屏風上的俳句指引，步向結局。俳句之境，如陌路繁花，字字玄機，雅趣裡全是罪惡昭彰。是故，罪非常，美亦並舉。那個叫做金田一耕助的偵探，令人同情。洞悉之後，仍無力阻擋，是一場惘然。

懸疑小說真正吸引我的，與其說是邏輯的力量，不如說是「造境」之趣。造人境，也造心境。人的焦灼、愛欲、卑劣與堅執，都在信任的危機之下，經受砥礪，而後蠢蠢欲動。

以《象棋少年》（*Acerca de Roderer*）聞名的馬汀涅茲（Guillermo Martinez），鍾情於毀壞智慧的故事。《牛津殺人規則》（*Crimenes Imperceptibles*）出版，輿論發現他成為一個以推理小說立世的作家，並不感到特別驚訝。與傳統推理不同之處，在於馬汀涅茲的作品氤氳著一種強烈的等待感。所謂真相，永遠是表演失之交臂的道具。真相的本身變得虛無，一次次與過程擦肩而過，最後筋疲力竭。它卻終浮出水面。

懸而未決，躍如也。與其說關心的是推理的過程，毋寧說關心過程後的抵達。抵達的是真相，更是在漫長的絕望與欲望後，真相大白時的軟弱。

人性是一種十分脆弱的東西。非常情境下，薄弱愈甚。日本作家擅以懸疑寫人心苦厄與圍困。在一樁罪案中，東野圭吾寫呵護，吉田修一寫孤獨，松本清張寫日常。

本格的步步為營，變格的恣肆詭譎。不外如是。

好看的是生活。勞倫斯．卜洛克（Lawrence Block）筆下，那個叫柏尼．羅登拔的中年小偷兼二手書店老闆。雅趣似盜亦有道，他用夜間工作的收入接手了格林威治的小書店。這個身分被他用來追逐女人，享受陽光與性愛。他有他的商業規約。不收圖書館來歷不明的藏書，比孔乙己更有原則。

欣賞過一類角色，有過人的智商和固執。於是我在《朱雀》裡，寫了一個叫做泰勒的美國男人。他的本職工作是官辦科研機構的外聘專家，是個中國通，懂得「凡飲水處皆吟柳詞」；性的開蒙來自木刻版的《金瓶梅》；聽女主人公唱〈月滿西樓〉也會心底潸然。然而，在一次意外中，他的間諜身分水落石出：

他自行設計了七個原始密電碼，分別對應於中古五音與兩個變音，按五度相生率編成密碼集，同時也是曲譜。泰勒送出的諜報向來是曲詞並茂，平仄之間，盡見機心。一曲被截獲的〈菩薩蠻〉暴露了玄機。嘈嘈切切的古箏曲裡，破譯軟體畫出了令人匪夷所思的曲線圖。曲線圖裡，每個音高的曲率，詞中每字的筆畫，隱藏著一套嚴謹的公式。一年多的時間裡，泰勒送出了五十七首這樣的曲詞。

對於一個間諜來說，如此炫技。其中風致為自己製造了陷阱。他在智力的優勢上盤桓太久，最終成敗於蕭何。他的執著如同對女主角的愛，帶著「作」的性質。卻有一絲顢頇，屬於生活本身，是可愛的。

在《問米》這本書裡，不再有泰勒。是一些我們身邊的人，平凡甚而平庸。他們平淡地生活著，卻不經意間被人事所捲裹。他們試圖掙脫，卻發現生活原力之強大，將他們拋入了未知的漩渦。自認聰明的，以破釜沉舟的信念，步入迷障。更多的人則在觀望，終於亦步亦趨。

當事者，不可言說；旁觀者，抱憾無言。

他們是一些藏在歲月裂隙中的人，各有一段過往，仍與現實膠著，因寄盼，或因救贖。他們的人生，是一局棋，操控者與棋子，皆是自身。在投入與抽離間盤桓遊刃的，是心智優越者。久了，亦不免沉溺於生活。長考之後，一著不慎，仍是滿盤皆輸。更為謹慎的，有遺世獨立的姿態，眼觀六路，但越走路益窄，人也漸孤獨，終行至水窮處。

無罣礙故，無有恐怖。

面前是一片浩浩湯湯，自時代的跌宕，自歷史深處的幽暗，或自個人的痛快與無涯蒼茫。

彼岸處，剎那間似有一兩點星火。不明亮，但足夠暖。如此，這些文字。在懸疑的外殼下，表達的，也許仍是那一點人之常情。先是帶著體溫。或陪伴讀者，感受著那體溫的凍卻。由晨至昏，漸至冰冷。

戊戌年春，香港

問米

文學森林 LF0094

作者
葛亮

原籍南京，現居香港。香港大學中文系博士畢業，現任香港浸會大學副教授。文學作品出版於兩岸三地，著有小說《北鳶》、《朱雀》、《七聲》、《戲年》、《謎鴉》、《浣熊》，文化隨筆《繪色》、《小山河》，學術論著《此心安處亦吾鄉》等。部分作品譯為英、法、義、俄、日、韓等國文字。

長篇小說《朱雀》獲選「亞洲週刊華文十大小說」，二〇一六年以《北鳶》再獲此榮譽，並斬獲各項大獎。包括二〇一六年度「中國好書」、「華文好書」評委會特別大獎、二〇一六年當代五佳長篇小說、中版年度十大中文好書等。作者獲頒《南方人物周刊》「二〇一六年度中國人物」、《GQ中國》二〇一七人物盛典「年度作家」、二〇一七海峽兩岸年度作家。

曾獲首屆香港書獎、香港藝術發展獎、聯合文學小說獎首獎、梁實秋文學獎等獎項。作品入選「當代小說家書系」、「二十一世紀中國文學大系」、「二〇〇八、二〇〇九、二〇一五中國小說排行榜」、「二〇一五年度誠品中文選書」。

封面設計　朱陳毅
責任編輯　王琦柔
行銷企劃　劉容娟、詹修蘋
版權負責　陳柏昌
副總編輯　梁心愉
初版一刷　二〇一八年六月二十五日
定價　新台幣三二〇元

ThinKingDom 新經典文化
發行人　葉美瑤
出版　新經典圖文傳播有限公司
地址　臺北市中正區重慶南路一段五七號十一樓之四
電話　02-2331-1830　傳真　02-2331-1831
讀者服務信箱　thinkingdomtw@gmail.com
FB粉絲專頁　https://www.facebook.com/thinkingdom/

總經銷　高寶書版集團
地址　臺北市內湖區洲子街八八號三樓
電話　02-2799-2788　傳真　02-2799-0909
海外總經銷　時報文化出版企業股份有限公司
地址　桃園市龜山區萬壽路二段三五一號
電話　02-2306-6842　傳真　02-2304-9301

問米 / 葛亮著. -- 初版. -- 臺北市：新經典圖文傳播, 2018.06
304面；14.8×21公分. -- (文學森林；YY0194)
ISBN 978-986-96414-0-1（平裝）

857.63　　107006456